Con OCHO basta

RBA MOLINO

Con 

OCHO

basta

Tom Braden

Traducción de Montse Triviño
Ilustraciones de Júlia Gaspar

RBA

Título original inglés: *Eight Is Enough.*
Autor: Tom Braden.

Publicado por acuerdo con Frances Collin Trustee
e International Editors'Co. Barcelona.

Diseño de interior: Lookatcia.com.

Avda. Diagonal, 189 - 08018 Barcelona.
rbalibros.com

Primera edición: noviembre de 2019.

RBA MOLINO
REF.: MONL572
ISBN: 978-84-272-1687-7
DEPÓSITO LEGAL: B.22.021-2019

Preimpresión: El Taller del Llibre, S.L.

Impreso en España • *Printed in Spain*

A LOS PROTAGONISTAS AQUÍ RETRATADOS, TODOS LOS CUALES SON PERSONAS REALES Y NO DEBEN CONFUNDIRSE CON PERSONAJES DE FICCIÓN, NI VIVOS NI MUERTOS.

Introducción

De pequeño, en mi Iowa natal, quería ser «conductor de autobús para ver el mundo». Lo sé porque lo anoté en el diario que escribía a los siete años.

Ahora me divierte pensar que mis hijos tendrían que pararse a reflexionar antes de poder decirme qué hace un conductor de autobús. Sin duda, les haría sonreír la idea de que ese empleo le permita a alguien «ver el mundo».

Cuando me marché de Iowa, había abandonado

la idea de ser conductor de autobús y ya sabía que quería ser reportero. Con el tiempo fui también otras muchas cosas: impresor, soldado, profesor, agente de inteligencia, editor y columnista, entre otras ocupaciones. Pero hasta que mis hijos empezaron a crecer, no se me ocurrió pensar que cada vez que relleno uno de esos formularios en los que se requiere especificar la profesión, no digo toda la verdad.

Porque la cuestión es que dedico más tiempo y energía, más paciencia y dinero a ser padre que a esa profesión más formal con la que me defino en los formularios impresos. Supongo que eso mismo les ocurre a otros hombres, aunque no todos tienen, como es mi caso, ocho hijos.

Es más, dudo de que mi trabajo como padre llegue a tener fin. Si miro hacia atrás, veo que las jornadas de veinticuatro horas no me dan respiro en mi labor de padre y, si miro hacia delante, no veo un solo momento de descanso a lo largo de mi vida. Solía pensar que cuando un hijo llega a los veintiún años, el padre ya ha cumplido con su tarea. Pero casi cualquier padre con un hijo de veintiún años os dirá que eso no es cierto. El proceso para llegar a la madurez es cada vez más largo, aunque la ley haya ido rebajando la mayoría de edad. Puede que los granjeros de la generación anterior a la mía ya fueran hombres hechos y derechos a los dieciocho, pero... ¿existe algún padre con un hijo de dieciocho años que pueda decir, con sinceridad, «el chico ya es totalmente maduro»?

¿Y las hijas? Es más probable. Pero cualquier padre que haga esa afirmación respecto a una hija de dieciocho años debería ser capaz de superar el siguiente test:

¿Ha permanecido despierto hasta tarde alguna noche de la última semana, preguntándose para sus adentros dónde narices está su hija?

¿Se ha quejado últimamente su esposa por la desaparición de prendas de ropa, joyas o artículos de tocador?

¿Ha recibido alguna sorpresa desagradable por correo, por ejemplo multas de la biblioteca, una notificación de aumento de precio en el seguro del coche, cobros de los grandes almacenes?

Si ese padre con una hija de dieciocho años no puede responder negativamente a esas tres preguntas, significa que no ha terminado su trabajo. Aún no.

Yo tampoco he terminado el mío y aún me falta mucho para lograrlo, porque si bien tengo un hijo de veintitrés años, también tengo uno de nueve. Y suponiendo que, en el mejor de los casos, el de veintitrés ya sea maduro, aún me quedan catorce años más hasta que el de nueve llegue a esa edad.

Entre el de veintitrés y el de nueve hay unos cuantos hijos más. Os voy a hacer la lista, empezando por el primero, porque son los principales protagonistas de este libro y, si tenéis pensado leerlo, es posible que de vez en cuando queráis consultar quiénes son ahora y qué edad tienen hoy en comparación con quiénes eran y qué edad tenían en los momentos en que aparecen en esta historia.

David tiene veintitrés años. Es pelirrojo, fuerte de brazos y rápido de piernas. Durante mucho tiempo, tuve la sensación de que no se cambiaba de camisa lo bastante a menudo. Creo que se cansó bastante de oírme decírselo y tal vez sea ese el motivo de que se marchara a Alaska, donde trabaja como funcionario de prisiones. En su última carta decía que se había matriculado en una universidad, y eso me sorprendió y me gustó tanto que incluso propició un cambio de imagen. Ahora, cuando pienso en él, siempre lo imagino con una camisa limpia.

Mary tiene veintiuno. Cuando era un bebé, tenía uno de los pies ligeramente torcido hacia dentro y el médico nos dijo que le diéramos friegas. Pasé mucho tiempo dándole friegas a aquel pie, girándolo suavemente hacia el exterior, y mientras lo hacía me inventé una canción sobre Mary, una canción de esas tontas y sentimentales que se les cantan a los bebés. Mary se moriría de vergüenza si se la cantara ahora. Pero lo haré si es necesario.

Mary va a la universidad, está en tercero: es aplicada, sensata, guapa y de izquierdas. Me reservo la canción como último cartucho. Si vuelve la época de las manifestaciones en el campus y ella siente de nuevo la necesidad de desempeñar un papel protagonista, iré a su facultad, me acercaré a ella cuando esté protestando contra el sistema y le cantaré esa canción. El pie, por cierto, le quedó perfecto.

Joannie tiene veinte años. Rebosa entusiasmo. Disfruta de la vida mucho más que la mayoría de las personas, porque le presta más atención. «El sábado, para desayunar –me escribió no hace mucho– hicimos "pan frito". Un plato entero en mitad de la mesa. Delante de cada plato, un cuenco lleno de jarabe de arce. Cierra los ojos e imagina lo rico que estaba. Después traté de esquiar justo por el centro del campo de golf. Entonces empezó a nevar, así que me puse a leer sobre Hamilton y Burr delante del fuego. Me encantan los sábados».

Son pocas las personas, creo yo, que pueden observar y reflexionar mientras van a mil por hora. Pero Joannie lo consigue.

Susan tiene diecinueve años y estudia segundo en la universidad. Se emplea a fondo en el estudio y en el deporte y contempla cada hora como un marco de tiempo en el que hay que hacer muchas cosas. De las seis a la siete de la mañana, hay que levantarse, salir a correr tres kilómetros y desayunar. De las siete a las ocho, se estudia un idioma. De las ocho a las nueve, se lavan los platos en la cafetería de la facultad o, si se está en casa, se recoge la cocina. El resto del día se divide en franjas horarias similares, cada una de ellas dedicada a una tarea distinta. Susan casi nunca habla, ni de sus tareas ni de nada. Tiene el pelo castaño claro y unos grandes ojos de color negro azabache. Excelente deportista, batea con la derecha y lanza los pases con la izquierda.

Nancy tiene dieciocho años. Ya desde muy temprana edad adoptó la costumbre de quitarse la ropa en cuanto se la poníamos, así que se ganó el apodo de «la despelotada». Con los años, se ha convertido en una rubia alta, voluptuosa y de lánguidos movimientos, así que nos da un poco de vergüenza seguir llamándola así. Nancy es una chica muy inteligente y, a pesar de ello, tiene un medio novio.

Elizabeth tiene quince años y una larga melena pelirroja. Es grácil y temperamental, tiene la costumbre de echar la cabeza hacia atrás, en un gesto de desdén, y posee una personalidad arrolladora. También tiene bastantes pecas y, durante muchos años, fue la protagonista de una conocida canción familiar titulada *Demasiadas pecas*. Pero, lo mismo que el sobrenombre de Nancy, la canción ha pasado a la historia, porque cuando Elizabeth se convirtió en una jovencita increíblemente guapa, resultó que en realidad no tenía tantas pecas.

Tommy tiene trece años, es rubio y lleva aparatos en la boca. Muy inteligente para su edad y rabínico en su atuendo: siempre lleva, tanto dentro como fuera de casa, un enorme y soso gorro de lana. Es una auténtica mina de datos concretos sobre alineaciones iniciales, contempla la vida como si fuera un combate personal. Y lo demuestra su definición de la palabra «prueba» que encontré en un examen calificado con un «notable»:

«Si dos personas están comiendo huevos para desayunar y una se marcha y cuando vuelve su huevo ha desaparecido y el otro tío tiene la cara manchada de huevo, es una prueba, pero no concluyente».

Nicholas tiene nueve años y suele mancharse la cara de huevo. También tiene una mirada traviesa y creo que es precisamente esa expresión de sus ojos lo que Tommy considera prueba. En cualquier caso, a Nicholas le pegan más que a cualquier otra persona que yo conozca y, aun así, está siempre de considerable buen humor y es la mar de divertido.

Por último, existe una persona llamada Joan, que es la madre de todos esos niños, además de una mujer extraordinariamente lista, brillante, alegre y guapa.

Todas estas personas viven, permanentemente o de vez en cuando, en una enorme casa amarilla de Maryland que tiene suficientes habitaciones, un jardín y comida en la nevera.

Además, por la casa suelen pasar muchos amigos, algunos de los cuales incluso se quedan a dormir. Los iréis conociendo en las siguientes páginas. Si los nombres de algunos de esos amigos os resultan familiares, debéis tener en cuenta que mi trabajo consiste en escribir una columna desde Washington y que, por tanto, muchas de las personas a las que conozco son conocidas también para los demás.

Dentro de la casa, con todos esos niños, los famosos se comportan exactamente igual que los demás, y comentan con los niños los problemas de Estado y los problemas de niños. Me he dado cuenta de que, en esa última cuestión, suelen apoyar el punto de vista del padre.

Famoso o no, nadie que visite la casa amarilla puede, creo, poner en tela de juicio que al lado de la palabra «profesión», yo debería escribir «padre».

Por qué dimití como padre

Me satisface recordar el momento en que dimití como padre. Con gran solemnidad, entregué a los ocho niños lo que quedaba de sus ocho billetes de avión. Y con gran solemnidad, me despedí de ellos.

Estábamos llegando al final de aquel espantoso viaje navideño al Caribe y yo había tenido mucho tiempo para pensar en mi dimisión. Así que se produjo con la mayor tranquilidad: sin gritos, sin amenazas, sin exigencias.

Sin embargo, nunca he sido capaz de decidir qué suceso, en una larga lista de sucesos a cual más exasperante y humillante, fue el que me obligó a dar el último paso. Y... ¿cómo empezó todo? ¿Empezó, como es habitual en las dimisiones, con dudas? ¿Fue la abrumadora duda que experimenté cuando oí a mi esposa decir «yo pongo lo que falta»?

Joan tiene la costumbre de ofrecerse a «poner lo que falta» y es un ofrecimiento sincero y generoso, porque Joan es una mujer sincera y generosa. Se compra su propia ropa con el dinero que gana y siempre le sobra un poco para ser generosa con los demás. Pero lo que le sobra tendría que multiplicarlo por diez o, mejor dicho, por cien, si de verdad se le exigiera poner lo que falta, como ella siempre dice que va a hacer.

Joan no se preocupa jamás por el dinero. Peor aún, para ella es una constante y verdadera fuente de asombro que yo me preocupe por el dinero. En los momentos de profundo pesimismo, cuando yo auguro pobreza o le pregunto de qué cree que vamos a vivir cuando seamos viejos, me responde: «¿Y cómo sabes que vas a llegar a viejo?».

Así que cuando se trata de algo que toda la familia quiere tener o hacer, yo soy el que dice «No nos lo podemos permitir», y Joan es la que dice «Yo pongo lo que falta». Yo suelo responder con un educado resoplido. Pero a veces, como aquella ocasión en Navidad, cedo.

Estábamos discutiendo sobre lo que significaba ir al Caribe con ocho niños en Navidad. Joan decía que era una ganga. Si nos quedábamos en casa y comprábamos regalos para todos, sostenía, nos costaría prácticamente lo mismo que ir todos juntos al Caribe, siempre y cuando quedara claro que las vacaciones eran el regalo. Que no se compraría ningún otro regalo. Ni se anticiparía ningún otro regalo.

Para defender su postura y revestirla de autoridad, además de cierto glamur, Joan le había hecho una consulta, mientras bebían cócteles y comían obleas, al presidente de la Junta de la Reserva Federal, Arthur Burns. O, al menos, me contó que lo había hecho. Y no lo dudo, porque Joan y Arthur Burns son amigos. Y Arthur Burns, hombre afable y cordial, seguramente se había mostrado de acuerdo en que Joan podía hacer lo que fuera que quería hacer.

Arriesgándome a expresar una opinión contraria a la de Burns, hice cuatro números.

—Diez billetes de avión, a ciento cincuenta el billete, son mil quinientos. Pongamos quinientos más para el hotel. ¿Alguna vez nos hemos gastado dos mil dólares en regalos de Navidad?

—Cerca de mil sí —admitió Joan—, pero ahí no cuento el árbol, ni los adornos navideños, ni la comilona con invitados, ni los ayudantes que contratamos. Pero da igual, yo pongo lo que falta.

Recuerdo haber tenido un mal presentimiento, no solo acerca de a cuánto podía ascender lo que faltaba, sino también acerca de la capacidad de Joan para ponerlo. ¿Fue ese el primer ingrediente en la receta de rabia, debilidad e incapacidad de acción que suele implicar una dimisión?

¿O fue cosa de la compañía aérea Pan American?

—No vamos a poder llevarlos a todos —dijo el hombre que atendía el mostrador cuando le entregué los diez billetes, poco antes de la hora en que estaba prevista la salida de nuestro vuelo.

Me quedé boquiabierto.

—¿Qué?

—Lo que oye, señor. Tenemos siete asientos libres, pero quizá pueda conseguirle uno más —dijo, en un tono mecánico—. Espere a que termine de contar, por favor. —Examinó una tabla enorme—. ¿Qué has dicho, Jim? ¿230 o 231?

Rememoré mentalmente, a toda prisa, la mañana: levantarse a las cinco y media; la taza de café que mi esposa había tomado en la cama, gentileza de la niña que llevaba su mismo nombre; dos taxis; catorce maletas; el requisamiento forzoso de las inevitables bolsas de papel llenas de chicles y muñecas que siempre aparecen en la puerta cuando vamos a algún sitio; las consiguientes lágrimas; volver corriendo a casa porque Nicholas, de seis años, tenía que ir al lavabo; el aeropuerto; las propinas; las catorce maletas otra vez.

Y ahora, ¿qué decía aquel hombre? «No vamos a poder llevarlos a todos». Me quedé atónito. Evoqué mentalmente una imagen de mi amigo Stewart Alsop, columnista del *Newsweek*, poniendo en práctica su técnica de la «cara morada». Cada vez que se topaba con una actitud intolerable por parte de aquellos cuyo trabajo es servir al público, Alsop solía respirar hondo hasta que se le dilataban los pulmones y las mejillas. Entonces aguantaba la respiración y, al mismo tiempo, empezaba a dar saltitos sobre los dos pies. El aire atrapado, sumado al ejercicio, hacía que se pusiera muy rojo y que se le desorbitaran los ojos. Y, entonces, el recepcionista que había vendido su reserva de hotel o el taquillero que había entregado a otro su butaca, creía hallarse ante un hombre a punto de sufrir un infarto. Y, por lo general, cedía. Pensé en recurrir a la técnica de la cara morada.

Joan, sin embargo, se me había adelantado en lo que a la táctica de protesta se refiere. Primero gritó; luego se echó a llorar. Sin embargo, no sirvió de nada. El hombre que estaba al otro lado del mostrador adoptó ese aire de resignada paciencia tan necesario para los empleados de las compañías aéreas que suelen vender más plazas de las que tiene el avión y a los cuales raramente se les pilla, excepto en Navidad.

—Acepte los siete asientos, señor Braden, o tendré que dárselos a los pasajeros que están en lista de espera.

A mi espalda, un mar de rostros se precipitó hacia delante, calculando con la mirada las posibilidades de que yo decidiera rechazar un número de asientos inferior al que nos correspondía. Joan seguía llorando y, entre hipidos, conseguí captar alguna frase.

—Hice las reservas hace dos meses. Las confirmé ayer.

Había llegado el momento. Rápidamente, distribuí a los niños por edad, clasifiqué las maletas por dueños y envié a siete —Joan y los seis más pequeños— al otro lado de la barrera. Los dos mayores y yo llegaríamos un día más tarde.

Era desesperante; era abyecto; era injusto; era más que inconveniente; era contraproducente para la alegría y el orgullo de la familia. Pero también era el destino y demostraba que yo había sido un estúpido al consentir aquella aventura accesoria, cara y agotadora. Pero no era el momento de dimitir. No me hundí ni me exasperé. Me pasé todo el día y buena parte de la noche sentado en el aeropuerto y traté de no perder el buen humor. En ningún momento se me ocurrió largarme.

De hecho, no creo que la idea de largarme se me pasara por la mente hasta después de Navidad, cuando nuestro viaje tocaba a su fin y era hora de volver a casa. Estábamos otra vez en el aeropuerto y yo había contado otra vez las catorce maletas y había repartido otra vez los billetes. El hombre del mostrador había dicho:

—Adelante, señor Braden, pueden ustedes embarcar.

Y, entonces, al mirar a mi alrededor, había descubierto que me faltaban cinco integrantes del grupo.

Me entró el pánico. No había tiempo que perder.

—Se han ido al restaurante con Nancy —confesó uno de los leales.

Me abrí paso rápidamente entre las mesas y las sillas. Rápidamente, cogí por el pescuezo a Nancy, que tiene dieciséis años, el pelo largo y rubio y viste vaqueros, y rápidamente, la obligué a ella y a sus amigos desertores a subir a bordo. Los demás pasajeros nos miraban desde sus asientos.

—Qué vergüenza —diría más tarde Nancy.

Y supongo que tenía razón, pero su defensa me pareció exasperante.

—Total —le dijo a su madre cuando por fin encontró su asiento, con los motores ya en marcha—, el dinero que me estaba gastando era mío.

Los demás niños se pusieron de su parte. Y Joan dijo que entendía a los dos bandos. ¿Dos bandos? Tal vez fuera aquel el momento en el que tomé la decisión. Pero si estaba enfadado, furioso e irritado por lo que había dicho Nancy acerca de que el dinero que se estaba gastando «era suyo», o por el hecho de que mi esposa dijera que entendía a los «dos bandos», la gota que colmó el vaso, lo que de verdad me hizo subirme por las paredes, fue el comentario sobre el jefe de pelotón.

Eran las dos y media de la madrugada y yo estaba junto al ascensor, en la octava planta de un hotel del aeropuerto internacional John F. Kennedy. Había controlado que aparecieran las catorce maletas en la cinta transportadora, había ayudado a subirlas a un autobús y a entrarlas en el vestíbulo del hotel. En ese momento estaban desparramadas por el suelo, mientras yo trataba de asignarlas a sus dueños y de distribuir diez personas en tres habitaciones dobles con literas en dos de ellas.

—Papá —dijo mi hija Mary, con ese aire de superioridad que solo adoptan los estudiantes universitarios de segundo año—, te comportas como si fueras un jefe de pelotón o algo así. ¿No crees que organizar las cosas como si estuviéramos todos en el ejército está un poco, no sé, pasado de moda? —dijo.

Pronunció aquellas últimas palabras arqueando las cejas y haciendo un mohín con los labios.

Aquel fue el momento; sí, sin duda tuvo que ser aquel el momento.

«¿Y cómo si no... —dije para mis adentros—, cómo si no voy a llevar a diez personas al Caribe y traerlas de vuelta? ¿Cómo si no voy a encargarme de su equipaje, de contar los billetes, repartir los pasaportes, pagar la tasa turística de cada una de esas personas, sacarlas de los restaurantes y subirlas a los aviones? ¿Cómo voy a hacerlo, si no es actuando como un jefe de pelotón? Un cargo muy honroso, el de jefe de pelotón. Solo una vez en mi vida he sido jefe de pelotón y ni una sola, en el ejercicio de mis funciones, he tenido que vérmelas con una situación como esta».

A las nueve de aquella misma mañana, presenté mi dimisión.

Por qué todo se descontroló

Probablemente, jamás debería haber tenido ocho hijos. Parece raro pensar que, hace tan solo diez años, nadie miraba mal a las familias numerosas. Mi madre tenía seis hermanos. Mi padre era el menor de trece. Hoy en día, según la Oficina del Censo, las familias estadounidenses tienen una media de 2,2 hijos. No es que ya no esté de moda ser prolífico en cuestión de hijos, sino que se considera un auténtico delito contra el medioambiente. Lo entiendo. Estoy de acuerdo en que es un cambio necesario y recuerdo muy bien la primera vez que pensé que con ocho basta.

Estábamos en la cama en Oceanside, California, y Joan estaba dándole el pecho a Nicholas, nuestro octavo hijo. Primero habíamos tenido un niño y luego cinco niñas. Y aunque jamás he admitido tener preferencia por uno de los dos sexos, la llegada de Elizabeth, la quinta niña, me pareció en su día un poco redundante.

Pero entonces había ocurrido algo extraño: Elizabeth resultó ser pelirroja, lo cual la hacía muy distinta. Y luego habían llegado Tommy y, después de él, Nicholas. Stub Harvey, mi compañero de golf y fútbol americano, además de médico de toda la familia, hizo su propia apuesta.

—A partir de ahora, solo tendréis varones —dijo.

En fin, aquella mañana llegó el correo y nos lo trajo a la cama uno de nuestros hijos. Joan lo abrió, se entretuvo leyendo un telegrama y, por último, se echó a reír.

—Fantástico —dijo, mientras me lo pasaba.

Haciendo gala de la cortesía debida a una mujer con un recién nacido, obvié comentar que el telegrama iba dirigido a mí. Lo firmaba el fiscal general de Estados Unidos, Robert F. Kennedy.

«Felicidades —decía—. Me rindo».

Me hizo reír y me sentí orgulloso. ¿Cuántos hijos tenían los Kennedy? ¿Siete? Pero, entonces, me asaltó una aterradora idea. ¿Cuánto dinero tenían los Kennedy? Había leído en alguna parte que tanto el fiscal general como sus hermanos tenían más dinero del que podía gastarse en varias vidas. ¿Por qué aceptaba yo la felicitación de un Kennedy por haber tenido más hijos que un Kennedy? Con ocho, me pareció en aquel momento, basta.

Fue, tal y como lo recuerdo, mi mayor duda y, cuando finalmente se convirtió en una decisión, los Kennedy me resultaron de gran utilidad. Por ejemplo, recuerdo un verano en Aspen, Colorado, adonde solíamos llevar a los niños de vez en cuando. Una mañana, antes de empezar la excursión, Susan, que por entonces tenía diez años, entró en la habitación del motel con un café para su madre y un ejemplar del *Post* de Denver. Me di cuenta de que estaba nerviosa mientras observaba fijamente la taza rebosante que llevaba en una mano.

—Mamá —dijo—, ha pasado algo terrible. Los Kennedy nos han alcanzado.

Y allí estaba, un breve en la portada. «El octavo de Ethel». Los chicos decidieron, por unanimidad, que yo debía hacer algo al respecto enseguida. A Joan le pareció divertido. Yo fingí echarme a reír, pero por dentro ya había tomado una decisión.

¿Aquella broma sobre la rivalidad con los Kennedy se había convertido, en la mente de los niños, en una rivalidad auténtica, incluso en hostilidad? Durante uno de los siguientes veranos, la familia Kennedy también pasó las vacaciones en Aspen: Bobby, Ethel, Joan y yo fuimos al cine y dejamos a todos los niños Braden y a todos los niños Kennedy en una casa alquilada. Al volver, descubrimos que los niños Braden se habían atrincherado dentro de la casa y la habían convertido en un fuerte, mientras los niños Kennedy estaban fuera, a oscuras. Algunos de ellos tiraban piedras para cubrir a sus hermanos, que lanzaban asaltos periódicos a la casa con la esperanza de entrar por la fuerza.

Si vuelvo la vista atrás, quiero pensar que era todo muy inocente y eso fue, por supuesto, lo que fingimos en aquel momento. Pero no era inocente. Las piedras eran de verdad. ¿Acaso las familias numerosas desarrollan una especie de profunda lealtad tribal y una conciencia territorial superior a la media? ¿Tienen tendencia, pues, a mostrarse peleonas y agresivas cuando, en tanto que tribu, se les coloca cerca de otra tribu de poder y autoestima similares?

No me había gustado nada aquel momento en que las piedras volaban en la oscuridad. Demasiadas piedras. Demasiados niños.

Pero estábamos en 1963. No fue hasta finales de 1966 cuando mi resolución se convirtió en bochorno y me di cuenta de que se me podía acusar de consumir en exceso los recursos naturales del planeta.

—Eres la clase de hombre que admira —me había dicho Kirk Douglas, refiriéndose a Charlton Heston—. Yo pienso que llegará al menos a los mil dólares.

Douglas había organizado una fiesta benéfica y los fondos recaudados iban a ser para mí, porque me presentaba a vicegobernador por California. Kirk había apoyado incondicionalmente mi campaña y aquella tarde había llenado su casa de amigos y conocidos para que todo el mundo contribuyera. Y entonces, mientras pasaba el sombrero, Kirk condujo a Heston a un rincón de la sala para una charla privada. Solo Heston y yo. Heston rompió el hielo hablando de planificación familiar y ya no salimos de ahí. Resultó ser un acérrimo defensor de esa cuestión, un miembro entregado a la causa. Me contó que participaba en la lucha contra el crecimiento de la población. Tenía frescas en la memoria las cifras que demostraban la sensatez de la causa. En algún momento de la conversación, sacó un cheque, lo apoyó en la pared y escribió una cantidad. Antes de marcharse, me lo entregó, doblado. Solo después de habérselo entregado a Kirk y haber visto la decepción reflejada en su rostro recordé que, en un momento determinado, la conversación con Heston había derivado hacia un terreno más personal.

—¿Cien dólares? —dijo Kirk, incrédulo—. ¿Se puede saber qué narices le has dicho?

—Solo me ha hecho una pregunta —le respondí—. Le he dicho que tenía ocho.

Y sigo teniendo ocho. Precisamente ayer me lo recordaron. Tenía que escribir una columna, preparar la declaración de impuestos, hacer un programa de radio y comer con el embajador indio, además de atender un montón de llamadas telefónicas. A las siete de la tarde, me senté en el sillón de cuero marrón para tomar una copa con mi esposa y repasar el día. Había ocurrido lo siguiente:

1. Joan había recibido una llamada en la oficina, a primera hora de la tarde, y le habían dicho que Elizabeth estaba en comisaría.

2. Mary no había comido nada desde que había llegado de la universidad, hacía tres días, para unas

cortas vacaciones. Joan me contó que, al parecer, Mary se había hecho budista y estaba ayunando.

3. El profesor de Tommy había llamado para decir que a Tommy se le daba muy bien el béisbol, pero que en clase no prestaba atención y que si por favor podíamos hacer algo al respecto.

4. Había llegado una bonita carta de David, que estaba recorriendo el mundo y había llegado a Afganistán. El correo del día también incluía un aviso de la compañía American Express para notificarnos que había perdido sus cheques de viaje.

5. Bajando marcha atrás por el camino de entrada, Joannie había estrellado el coche contra la columna de cemento. Calculo estimado de daños: 150 dólares.

6. Tuvimos una charla poco fructífera acerca de qué hacer con Nancy, de quien Joan afirmaba que se hallaba «en estado de rebelión». ¿Debíamos enfrentarnos a ella, arriesgarnos a que nos desafiara? ¿O debíamos dejarla al margen de los planes familiares con la esperanza de que eso le doliera?

El problema de Elizabeth y la comisaría se había resuelto. O eso parecía, ya que estaba en su habitación. Había sido un día cálido: Elizabeth había decidido saltarse las clases, se había ido a ver tiendas y un policía la había visto. ¿Debía ir a hablar con ella, mientras aún me parecía que la cosa era grave? ¿O debía esperar y arriesgarme a darle a entender que sabía perfectamente que ella no era la primera niña del mundo en hacer novillos?

Como iba diciendo, Joan y yo estábamos comentando esos problemas cuando Nicholas entró dando brincos en el salón, la mar de contento.

—Papá —dijo—, hoy se juega la final del torneo de baloncesto y me prometiste que la veríamos juntos.

Me volví hacia Joan, avergonzado. Fue ella quien le dio la mala noticia.

—Papá y yo tenemos que ir a una cena.

—Me parece que tenemos demasiados hijos —comenté con dulzura, cuando Nicholas se marchó.

—Te equivocas —respondió Joan—. Lo que ocurre es que no tenemos bastante tiempo.

Por qué tuvimos ocho

Ya sé cómo tuve hijos. Igual que los tiene todo el mundo. Pero tener ocho es diferente. Y la diferencia era Joan.

La primera vez que la vi, estaba sentado en la antesala del despacho de Nelson A. Rockefeller, esperando para entrevistarlo. Yo llevaba una temporada dando clase en la Universidad de Dartmouth y un día el rector de Dartmouth, un hombre vivaz, amable e interesado llamado John Dickey, me preguntó si me apetecería hablar con su amigo Nelson Rockefeller sobre un empleo en el Museo de Arte Moderno. No creo que John Dickey estuviera tratando de librarse de mí, más bien pensaba que yo estaba interesado en demasiadas cosas como para pasarme la vida dando clases de inglés a estudiantes universitarios de primer año.

Así que allí estaba yo, en la antesala del despacho de Nelson Rockefeller. Recuerdo la revista de la que aparté un momento la mirada: *Business Week*. En los años que han transcurrido desde entonces, no es que haya leído demasiado a menudo *Business Week*, pero siempre he venerado ese nombre.

En fin, que levanté un momento la mirada y vi a una joven con un vestido vaporoso de tafetán verde oscuro, un rostro fresco y amplio salpicado de pecas y una melena de rizos castaños. Era la chica más guapa que había visto en mi vida.

Los rituales de apareamiento han cambiado mucho desde entonces, o eso dicen. Las mujeres han adoptado el que en otros tiempos era el rol del hombre. Ya no seducen, ahora insinúan; ya no esperan a que el hombre apague la luz, lo hacen ellas; o, directamente, les da igual si está apagada o encendida. Se está dando un gran proceso de emancipación. Estoy convencido de que las mujeres se sienten menos antinaturalmente sumisas y los hombres menos antinaturalmente responsables y tensos. Pero a mí todo eso me llegó demasiado tarde. Joan nunca había llamado a un hombre por teléfono. Y sigue sin hacerlo. Debía ser yo quien atacara y, cuando pienso en el ataque, pienso en su símbolo. Y debo decir que, sin duda, fue la falda de Joan.

He visto a Joan con muchas faldas e incluso he comprado muchas de ellas. Estaba la falda de tafetán que llevaba aquel día en el despacho de Rockefeller; la falda a cuadros azules y violetas que le compré en Escocia el primer verano después de casados... Una vez, en una tienda de París, le compré un vestido que nos enseñó puesto una modelo casi tan guapa como ella. El corpiño que llevaba la modelo era transparente. Yo no estaba acostumbrado a comprar ropa con modelos y me resultó incómodo. No permití que Joan se pusiera el corpiño transparente, pero por la forma en que la gente la miraba cuando lucía aquel vestido, era como si se lo hubiera puesto. El vestido estuvo por casa bastante tiempo. ¿Cuándo lo vi por última vez, ya descolorido y sin el apresto de cuando era nuevo, pero aún precioso? Ah, sí, se lo puso Elizabeth en Halloween del año pasado.

¿Por qué Joan era tan especial? ¿Porque era sexy? ¿Porque tenía una figura estupenda? ¿Porque se ruborizaba? ¿Porque era muy guapa? Estar casado con Joan y no tener bebés con ella suponía un gran esfuerzo.

Pero yo soy capaz de esforzarme, así que... ¿por qué no me esforcé en no tener bebés? O, por lo menos, en no tener ocho bebés. ¿O era sencillamente que las personas tienden a mantenerse dentro de los límites de la aprobación social y que, cuando Joan y yo estábamos teniendo tantos bebés, la sociedad aún no nos había indicado que no debíamos?

Hubo accidentes, claro. Dos de los niños fueron accidentes. Es decir, un veinticinco por ciento. Pero cuando pienso en los días anteriores a la píldora y todas esas cosas que existen hoy en día, no es de extrañar que se produjeran accidentes. Puede que el veinticinco por ciento de todos los estadounidenses mayores de veinte años sean accidentes.

El dinero probablemente también tuvo que ver con esos ocho hijos. Nunca teníamos bastante dinero, pero de alguna manera teníamos lo suficiente, o pensábamos que lo tendríamos. Como todo el mundo sabe, los bebés no salen muy caros hasta que dejan de ser bebés.

Y luego estaba el factor de la electricidad. Eugene Black, quien en otros tiempos fuera presidente del Banco Mundial, me dijo en una ocasión que la mejor forma de reducir el crecimiento de la población en las naciones en vías de desarrollo era instalar líneas eléctricas. Mucho más efectivo que las campañas sobre control de natalidad. Joan y yo vivíamos en la playa, en Oceanside, California, y aunque el pueblo disponía de electricidad, debo admitir que el llamado factor de la electricidad desempeñó su papel.

Solo había dos cines, que proyectaban películas casi exclusivamente dirigidas a los muchachos que vivían en la cercana base del Cuerpo de Marines en Camp Pendleton. Así pues, ¿qué hacer por la noche? En Oceanside solo teníamos el cine y las reuniones del consejo escolar.

Y eso me lleva de nuevo a la falda. Una noche, después de una fiesta de Halloween, el presidente Kennedy descendía los escalones de la Casa Blanca para acompañar a Joan hasta un coche, con su hija Caroline y nuestra hija Susan. De repente, se fijó en algo y le dijo a Joan:

—¿Otra vez?

Y ella dijo:

—Sí, otra vez.

—¿Por qué no le dices a Tom que se haga la vasectomía?

Nunca he conocido a ninguna otra mujer que estuviera tan guapa con una falda, ni que de forma inconsciente pero irresistible a la vez me desafiara a quitársela.

Ese es el motivo de que tuviéramos ocho hijos. La falda. Lo demás son tonterías.

Cómo tener bebés

Al principio, tener bebés me parecía una cosa muy difícil, pero con la práctica me fue resultando más sencillo. El bebé más complicado fue el segundo y recuerdo aquella ocasión con cierto bochorno porque perdí los nervios y maldije a mi esposa. «¿Cómo pude haber hecho algo así?», me pregunto incluso ahora. Y la respuesta siempre es la misma: «Por la misma razón por la que siempre pierdes los nervios: cometer una estupidez y querer echarle la culpa a los demás».

Era muy temprano por la mañana –que es cuando suelen llegar casi siempre los bebés– y no me puse nada nervioso cuando Joan me despertó para decirme que tenía contracciones. Al fin y al cabo, lo teníamos todo a punto. Cuando se sabe que va a llegar un bebé, hay que planificarlo todo muy bien: tener el número del médico en la mesilla de noche, la ropa preparada para vestirse enseguida, decirle a la futura mamá que avise en cuanto note contracciones, tener el coche con el depósito lleno y mantenerse bien despierto. Nada de beber después de cenar.

De hecho, yo había planificado tan bien el momento que en la mesilla de noche había dejado, junto al número del médico, un delgado libro en cartoné, con camisa de color rosa, que se titulaba *Dar a luz.* Lo había leído de principio a final y me había fijado en las detalladas instrucciones que ofrecía sobre todos los aspectos del gran acontecimiento.

Así que cuando Joan me despertó, encendí la luz y cogí enseguida el libro. Joan me describió las contracciones con todo detalle. Y resultó que no eran contracciones, sino espasmos. Me fui al último capítulo de *Dar a luz.* Lógicamente, *Dar a luz* describía los espasmos. Empecé a leer en voz alta, mientras Joan se acurrucaba junto a mí con su camisón blanco y azul de encaje. Satisfecho, comenté que los síntomas de Joan eran idénticos a los que describían las páginas del libro. Y, entonces, llegué a la última frase.

—Dios mío —exclamé—. Aquí dice: «En cualquier caso, llame al médico».

Dar a luz había dejado la instrucción más importante para el final. Me levanté de un salto de la cama, llamé al médico y me vestí.

Joan se vistió más despacio. Siempre lo hace, pero en esa ocasión me pareció que su lentitud era más deliberada que de costumbre: demostró un meticuloso cuidado a la hora de elegir las prendas y botes de crema que debía meter en la bolsa que ya llevaba muchos días esperando junto a la puerta del cuarto de baño.

Puse el coche en marcha para que se fuera calentando el motor y luego volví a buscar la bolsa, acompañé a Joan hasta el coche, bajé por el camino de entrada y llegamos a la calle. El indicador del nivel de gasolina llevaba mucho tiempo señalando que el depósito estaba vacío y le comenté a Joan, mientras contemplábamos el cielo matutino aún oscuro, que me producía una sensación inquietante.

—Aunque sé que está lleno.

—Bueno, no puede estar muy lleno —dijo ella, tan tranquila.

—¿Qué quieres decir? —le pregunté mientras me volvía a mirarla, sorprendido—. Lo llené anteanoche y, desde entonces, ha estado aparcado en el camino de entrada.

—No —dijo ella, con calma—. Los Crowe lo cogieron prestado ayer para ir a buscar casa y lo devolvieron anoche, justo antes de que tú llegaras de la oficina.

Me quedé atónito.

—No puedes hacerme una cosa así —le dije—. ¿Por qué crees que hace días que no me llevo el coche a la oficina? ¿Para que puedas llegar al hospital o para que puedas prestárselo a los Crowe?

Pero Joan estaba a punto de tener un bebé, así que me dije «Calma». No podía hacer nada, excepto suponer que los Crowe no habían ido demasiado lejos o que, si habían ido muy lejos, al menos habían tenido el detalle de volver a llenar el depósito. Sin embargo, me temía lo peor. Todo mi esfuerzo no había servido para nada; mi previsión había sido inútil. Tuve la sensación de que el motor del coche empezaba a carraspear.

Me detuve en un semáforo en rojo. Empezaba a amanecer y, unas cuantas manzanas más allá, ya veía el edificio del hospital, con su amplia entrada circular. El semáforo se puso verde y pisé el pedal. No pasó nada. Le di al botón de arranque. Nada. El coche se había calado.

—Maldita sea —dije—. Maldita seas tú y malditos sean los Crowe. Nos hemos quedado sin gasolina, estamos a punto de tener un bebé y tú te comportas como si todo esto no tuviera la menor importancia.

Miré a Joan y vi las dos lágrimas que le resbalaban por la mejilla izquierda. Los espasmos se habían convertido en contracciones. La pobre iba a tener que ser muy valiente.

Le di de nuevo al botón de arranque, pero sin resultado. Bajé, giré el volante hacia la derecha y empujé el coche hasta el bordillo, maldiciendo entre dientes. Y allí lo dejé, junto al bordillo. No podía hacer otra cosa. Ayudé a Joan a bajar por la puerta que estaba en el lado de la acera y empecé a caminar con ella, con pasos cortos y lentos, pero sin detenernos. Apoyé firmemente el brazo en la espalda de Joan y así recorrimos las cuatro manzanas que nos separaban del hospital.

El doctor Brown, un hombre de pelo rizado y castaño, aguardaba en el camino de acceso vestido con una bata blanca. Era evidente que estaba molesto. Pidió una silla de ruedas y se llevó a Joan por un largo vestíbulo hacia los ascensores. Yo fui a admisiones a rellenar los papeles del ingreso.

Tuve la sensación de que todo el mundo se mostraba especialmente amable y útil. Las enfermeras me señalaban con sus limpísimos dedos los lugares en los que debía firmar y me daban, con la mayor amabilidad, instrucciones acerca de adónde debía dirigirme a continuación. No acabé de entender hacia dónde tenía que girar para llegar a los ascensores, ni tampoco en qué planta encontraría a Joan.

—¿Era el sexto o el séptimo? —pregunté.

—Venga conmigo, señor Braden —me dijo con dulzura una de las enfermeras—, yo le acompaño.

Creo que todo el mundo pensaba que yo estaba nervioso y distraído, pero no era consciente de sentirme así. La enfermera me metió en el ascensor y di con la planta correcta y con el mostrador correcto, y entonces salió de no sé dónde el doctor Brown y me dijo que el bebé ya había nacido. Era una niña. Dijo que todo había ido muy rápido.

—No hemos tenido ni tiempo de prepararla. Pero no tiene sentido que se quede usted aquí. ¿Por qué no sale un poco, va a comer algo y vuelve dentro de un par de horas, cuando su esposa ya esté despierta?

Así que salí y eché a andar por la calle en dirección al coche, mientras pensaba en Joan y en el bebé. Ya había amanecido por completo y yo me sentía fuerte. Ya teníamos un niño y, esta vez, queríamos una niña. Y había llegado una niña. Y así eran siempre las cosas, pensé, en lo que a Joan y a mí respectaba.

Cuando llegué al coche, ni siquiera pensé en que lo había dejado mal aparcado. Tampoco pensé en la gasolina, desde luego. Me limité a ponerlo en marcha y me fui directo a casa.

Cómo no tener bebés

Cuando un hombre tiene ocho hijos, es normal que se le mezclen un montón de cosas en la cabeza. Por ejemplo, nunca recuerdo cuántos años tiene cada niño, ni su fecha de nacimiento.

Pero sí recuerdo muy bien el día en que cada uno de ellos nació. Una preciosa y radiante mañana de junio en que las hojas de los árboles aún estaban frescas y las azaleas habían florecido. Así fue el día en que nació Joannie. Y, después de eso, hubo un día de mayo en que hacía frío: lo recuerdo bien porque, mientras Joan estaba en el hospital haciendo lo que tenía que hacer, yo me concentré inconscientemente en una actividad de compensación.

Aparqué el coche delante del hospital, llené cubos de agua en una gasolinera cercana y, tras comprar una esponja, procedí a lavar el coche. Se tarda en lavar un coche a mano más o menos lo mismo que tarda Joan en tener un bebé. Así fue el día en que nació Susan. Pero el día que mejor recuerdo, un día mucho más frío y poco halagüeño, fue el día en que nació Elizabeth. Todo en aquel día parecía cargado de feos presagios, como si en los idus de marzo de Julio César una leona hubiera parido en la calle.

Joan no tuvo la culpa de que Elizabeth fuera la quinta niña consecutiva, como tampoco la tuvo Elizabeth. Además, a mí tampoco es que me deprimiera que fuera la quinta niña consecutiva y me encantó la mata de pelo rojo que le vi en la cabeza. Y, sin embargo, el suceso en sí parecía tenso e irritante. Yo paseaba de un lado a otro, nervioso y angustiado mientras Joan y yo charlábamos, hasta que al final ella me dijo:

—¿Por qué no te vas a casa?

Creo que Joan tenía la sensación de haber fracasado. Yo había hecho un comentario un tanto inapropiado cuando me había inclinado para darle un beso.

—Vaya, otra niña.

No era lo más adecuado. Cuando Joan tiene un bebé, tengo que andarme con pies de plomo. Tengo que decirle que es el bebé más guapo del mundo, más aún que el anterior. Y que el bebé tiene a la madre más guapa del mundo. Tengo que decirle a Joan que el camisón que lleva, comprado especialmente para la ocasión, es un camisón realmente bonito, y tengo que decirlo de manera que ella piense que me metería en la cama con ella en ese mismo instante, cosa que lógicamente no hago, teniendo en cuenta que aún está débil y medio adormilada por el Demerol, y que junto a ella duerme una cosita muy pequeña y muy vulnerable. ¿Y si la aplastara sin querer? Es un momento asexual, pero tengo que fingir que no lo es, a menos que quiera que Joan se eche a llorar.

Que es exactamente lo que hizo en aquella ocasión y con toda la razón del mundo. Yo estaba, según dijo ella, «rabioso». Había sido brusco. No hacía más que caminar de un lado para otro. Y había dicho cosas como «Bueno, será mejor que me vaya».

Eso último fue bastante insensible por mi parte. Había algo que Joan y yo siempre hacíamos en honor de nuestros bebés: cenar juntos en la habitación del hospital todos los días que ella permaneciera ingresada. La primera noche, yo siempre salía a comprarme algo y me lo comía allí, porque aquella primera noche Joan tenía que cenar la comida del hospital o lo que el doctor dijera. Pero a partir de la segunda noche, las cenas mejoraban. Nada de comida de hospital, esa era nuestra regla. Yo me iba a un buen supermercado y compraba algo adecuado para comer: por ejemplo, rosbif, pan casero y consomé, que me llevaba a casa y luego traía frescos de la nevera. A veces compraba un botellín de champán y, en una ocasión, hasta una pequeña lata de caviar. Lo de tener un bebé se convertía en una fiesta.

Pero no con Elizabeth.

—Bueno, será mejor que me vaya —dije, y Joan se echó a llorar. No en voz alta, ni tampoco quejándose, sino más bien en voz baja, en solitario.

Ahora sé por qué me comporté como me comporté: estaba nervioso e impaciente, no conseguía quedarme sentado ni concentrarme en nada durante mucho tiempo, ni siquiera quedarme en un mismo sitio durante mucho tiempo. Y todo porque había dejado de fumar.

Un hombre no debería dejar de fumar cuando su mujer está a punto de tener un bebé. El efecto que dejar de fumar le produce no es nada fuera de lo normal. Dicho de otro modo, la habitual lista de torturas: incapacidad para relajarse; incapacidad para trabajar; incapacidad para mantener una conversación normal; arranques de ira; pérdida de confianza en uno mismo; timidez; estreñimiento; tendencia a desarrollar acné... Pero todo eso no tiene ni punto de comparación con los efectos que dejar de fumar tiene en la esposa de ese hombre. Yo no era el mismo y Joan tampoco era la misma y, como resultado, el nacimiento y los primeros días de vida de Elizabeth fueron traumáticos.

Al principio, no me di cuenta de lo traumáticos que estaban siendo. Solo Joan lo sabía, pero ella había estado expuesta a información que yo desconocía. Hasta poco antes de que Elizabeth naciera, Joan había estado trabajando en una de esas comisiones básicamente decorativas que tanto abundan en Washington y que proporcionan viajes gratuitos y habitaciones de hotel a las clases laicas del interior del país, para que visiten la capital y «den consejos». Antes de que nos mudáramos de Washington a California, Joan había sido ayudante ejecutiva de la primera secretaria del Departamento de Salud, Educación y Bienestar, una mujer brillante y muy guapa llamada Oveta Culp Hobby. Cuando Joan presentó su dimisión, la señora Hobby la nombró miembro público del Consejo de Asesoramiento Neurológico de los Institutos Nacionales de la Salud.

Este no es el lugar idóneo para criticar el sistema mediante el cual el Gobierno paga a personas que no saben nada de un tema concreto para que acudan a Washington a escuchar a personas que sí saben de ese tema concreto. Puede que el sistema de membresía pública de los consejos científicos sea el monumento que los estadounidenses levantamos en honor de nuestra fe en el sentido común de las personas. Puede que Joan no supiera ni una palabra de enfermedades neurológicas y, por lo que yo mismo pude observar, tampoco sabían nada los demás miembros públicos del Consejo Neurológico. Y, sin embargo, acudían a Washington cuatro veces al año para que los médicos que sí entendían de neurología les dijeran por qué se gastaban los fondos públicos en lo que se los gastaban y por qué necesitaban más fondos.

Fue durante uno de esos encuentros, el más reciente, cuando Joan asistió a una conferencia y vio imágenes de cómo se comportaban los niños que padecían enfermedades neurológicas. Dice que me lo contó –con todo detalle, además– no solo antes de que naciera Elizabeth, sino también después, y más de una vez. Supongo que yo no le presté demasiada atención. Para captar la atención de un hombre que ha dejado de fumar, hay que hacer o decir algo insólito. Y Joan, finalmente, lo hizo.

Una noche, durante la primera semana después de que Joan volviera a casa del hospital, me desperté a las tres de la madrugada al escuchar el ruido de unos pies descalzos que paseaban arriba y abajo por el pasillo, delante de nuestro dormitorio. Joan llevaba a Elizabeth en brazos y lloraba.

–¿Pasa algo? –le pregunté con suavidad desde la cama.

No respondió. Salí al pasillo, en pijama, y parpadeé, deslumbrado por la luz.

–¿Qué pasa? –volví a preguntar.

Joan caminaba despacio de un lado para otro, con las mejillas bañadas en lágrimas. Cuando llegó hasta donde estaba yo, bloqueándole el paso, se apoyó en mí y la abracé con fuerza.

–No tiene cura –dijo en voz baja–. La parálisis cerebral no tiene cura.

Aquella idea me golpeó con fuerza y, en algún lugar en lo más profundo de las entrañas, el golpe me dolió. Me aparté un poco de Joan para poder mirarla.

—¿Parálisis cerebral? —le pregunté—. ¿A qué viene lo de la parálisis cerebral?

—Mira —respondió ella.

Sostuvo al bebé delante de ella. Era un bebé muy pequeño, con una especie de flequillo rojo por encima de las orejas y una fina pelusilla roja en la coronilla. Cuando Joan la sostuvo delante de ella, Elizabeth dejó caer la cabeza hacia delante.

Me quedé inmóvil, bajo las resplandecientes bombillas, y traté de conservar la calma y la sensatez. Cogí a la niña y la sostuve en brazos. Estaba adormilada, pero no lloró, y le di unas suaves palmaditas en la espalda. Y luego, con movimientos lentos y delicados, fui deslizando la mano derecha desde su nuca y la sostuve justo por encima de la cintura con ambas manos, delante de mí. Y, de repente, la cabeza le cayó hacia delante. Joan me miró, desesperada, y en ese momento, vestida con su camisón, me pareció muy pequeña e indefensa.

—¿Lo ves? —se limitó a decir.

Debía asumir el control de la situación. Quitarle importancia era mejor que echarse a llorar.

—Mira —le dije—, esto es una barbaridad. Yo no sé ni una palabra acerca de la parálisis cerebral, ni tampoco creo que tú te hayas convertido en una experta después de haber asistido a una conferencia y haber visto una película. Vete a la cama. Vete a la cama ahora mismo.

—Voy a llamar al doctor Harvey —respondió Joan.

—No —le dije—. Son las cuatro de la madrugada y no hay nada que él pueda hacer ahora mismo. Vete a la cama.

Me tendí junto a ella y acerqué los pies a los suyos, como suelo hacer porque Joan siempre tiene los pies fríos. Permanecimos así largo rato, sin hablar.

—Tom, ¿y si es verdad? —dijo finalmente ella, en un susurro.

Me senté muy erguido en la cama.

—Nos olvidamos de ella —le respondí—. La metemos en algún sitio y nunca volvemos la vista atrás. Hasta hace cuatro días ni siquiera formaba parte de nuestras vidas y si tiene parálisis cerebral, jamás formará parte de nuestras vidas. Ahora deja de preocuparte, duerme y mañana ya lo descubriremos.

Lo que dije sobre Elizabeth fue espantoso, ahora que lo pienso. Y, desde luego, tampoco era lo mejor que podía decirle a Joan en aquel momento. Creo que ninguno de los dos durmió aquella noche. A las ocho de la mañana llamé al doctor Harvey.

—Me parece que estás diciendo bobadas. Creo que algo así no se me habría pasado por alto, pero traedla de todas formas.

Y allí estábamos, en la minúscula consulta. Stub cogió a Elizabeth y la sostuvo delante de él. La cabeza le cayó hacia delante y el doctor se echó a reír a carcajadas. Se volvió a observarnos con un centelleo en la mirada.

—¿Qué os creíais? A los bebés hay que sujetarles la cabeza. Elizabeth aún no tiene suficiente fuerza en los músculos para aguantar la cabeza ella solita. Joan, estás cansada, te voy a recetar unas pastillas para dormir. —Y luego, volviéndose hacia mí, añadió—: ¿Se puede saber qué te pasa? Después de seis hijos, tendrías que saber unas cuantas cosas más sobre la nuca de los bebés.

Elizabeth tiene ahora quince años y una nuca perfecta, que solo le veo de vez en cuando si se recoge en lo alto su melena pelirroja para presumir o parecer mayor. Siempre lleva la cabeza muy alta, gesto de singular gracilidad en esta muchacha tan singularmente grácil.

Así que, en realidad, a Elizabeth no le pasaba nada y a Joan tampoco. Pero cualquier mujer que acabe de tener un bebé tiene derecho a preocuparse sin motivo, a deprimirse de vez en cuando e incluso a sufrir alucinaciones.

A quien sí le ocurría algo era a mí. Había alterado la paz de Joan después de la forma en que me había comportado en el hospital. A veces, cuando pienso en Elizabeth, me siento culpable y me alegro de poder atribuir la culpa de mi comportamiento al hecho de haber dejado de fumar.

Animales que he conocido

En la primavera de 1974, el Tribunal Supremo de Estados Unidos dio la razón, en el caso Village of Belle Terre contra Boraas, a una ordenanza urbanística de Long Island. Por sorprendente que parezca, William O. Douglas —quien durante varios años se había caracterizado por emitir un voto disidente— fue quien redactó la sentencia.

No estoy «cuestionando», como suelen decir los jueces, las virtudes de la sentencia de Douglas:

dicha sentencia ordenó a seis estudiantes de Belle Terre que desalojaran una vivienda unifamiliar basándose en que no estaban, según establecía la ordenanza municipal, «emparentados entre sí por vínculos de sangre, adopción o matrimonio».

Pero la sentencia del juez Douglas incluía ciertas palabras que me hicieron preguntarme si ese punto de vista extraordinariamente conservador no tendría algo que ver con aquella vez en que se topó con el cordero de Elizabeth.

Una noche de verano, el juez Douglas estaba sentado a nuestra mesa cenando cuando, de repente, se abrió la puerta y entró el cordero de Elizabeth. El cordero se fue derechito hacia el juez Douglas, lo empujó suavemente y luego, tras abrirse paso a la fuerza, se coló bajo la mesa y se tumbó delante de la silla del juez. Dobló primero las patas delanteras y se quedó inmóvil, como suelen hacer los corderos, junto a los pies del juez.

Creo que el juez Douglas se sorprendió, pero no expresó contrariedad y nadie dijo nada excepto Elizabeth, que comentó que el cordero se llamaba Digno.

Sin embargo, el juez comentaría más tarde ese suceso en el transcurso de conversaciones con amigos y haría hincapié en el curioso hecho de que el cordero había entrado sin que nadie pusiera objeción alguna. Lo definió –y creo que lo definió acertadamente– como «extraño».

Recuerdo bien el incidente y también la profunda irritación que sentí cuando Digno entró en el comedor. Pero sabía perfectamente que no era buena idea tratar de impedírselo. No sé cuánto tiempo llevaba el juez Douglas sin vérselas con uno de esos animalitos, pero cuando un cordero entra en un comedor, es extremadamente difícil echarlo de allí. Los corderos no acuden cuando se les llama, no siguen indicaciones gestuales, son rápidos y listos a la hora de escurrirse y, si los atrapan, se quedan –literalmente– inmóviles.

Mi opinión es que el motivo por el cual nadie de mi familia dijo nada cuando Digno se tumbó a los pies del juez Douglas es porque todo el mundo sabía que no había nada que hacer. Tratar de sacar a Digno del comedor mientras la mesa siguiera puesta –y, por si eso fuera poco, con el mantel bueno que Joan había comprado en Irlanda rozando prácticamente el suelo, es decir, a la altura de Digno– habría dado pie a una escena mucho peor que la que el juez Douglas había presenciado. Y también bastante más perturbadora de lo que podría tolerar el temperamento judicial.

Así que no dijimos nada ni tampoco hicimos nada. Y entiendo que el juez pensara que eso resultaba «extraño».

En fin, en el caso Village of Belle Terre contra Boraas, Douglas –respaldado por primera vez en muchos meses por jueces como Bruger, C. J. Blackmun, Powell y Rehnquist, que por lo general expresaban una opinión distinta– habló a favor de las facultades policiales para diseñar lugares que, por utilizar las palabras del propio juez Douglas, «la bendición del silencio y del aislamiento... convierte en un santuario...».

Y, a continuación, el golpe de gracia, en forma de cita del juez Douglas: «Incordio puede ser simplemente la cosa correcta en el lugar equivocado... ¡como un cerdo en el salón y no en la pocilga!».

Para tratarse de una sentencia del tribunal, el lenguaje era vívido y casi explosivo. Y puede que solamente sea cierto bochorno lo que hace pensar que el autor de dicha sentencia pudiera tener en la mente la imagen de un cordero bajo la mesa durante la cena.

A Digno lo bautizamos por la Biblia y sí, puede que el nombre fuera un sacrilegio, pero desde luego también era apropiado. Porque Digno era el cordero cuando una nochebuena lo llevé a casa para Elizabeth. Ella lo alimentó con biberones de leche caliente durante una semana o más y él dormía sobre un almohadón al lado de su cama.

Todo el mundo quería mucho a Digno y soportó los lastimeros balidos que salían del sótano durante los meses de invierno, hasta que en primavera llegó el momento de dejarlo fuera para que retozara a su aire. Inevitablemente, despertaba gran interés entre quienes pasaban por allí.

—Durante la guerra, Woodrow Wilson tenía unos cuantos corderos en los jardines de la Casa Blanca —me dijo un anciano—. Le ahorraban trabajo.

Charlamos durante un rato. Una de las ventajas de tener un cordero es que se convierte en una excusa para conocer a los vecinos. Los agentes de policía también se paraban al verlo. Uno de ellos incluso nos hizo una visita para mostrarnos la normativa sobre animales en un grueso libro que llevaba. La normativa prohibía «la cría de ganado» y el agente y yo hablamos largo y tendido sobre si un solo cordero podía definirse como «ganado». Concluimos que tal vez sí o tal vez no, pero que Digno no molestaba a nadie, así que al final el agente se marchó.

Digno no molestó jamás nadie, excepto a mí y puede que al juez Douglas, y el motivo era que Digno se negaba a considerarse ganado a sí mismo.

—No parece que a ese le guste mucho la hierba —me había dicho el anciano.

Y no le gustaba. No salía al jardín a pastar, como los corderos de Woodrow Wilson, sino que se quedaba en la puerta trasera con los perros, esperando las sobras. Comía como los perros (en una ocasión, para mi horror, lo vi comer restos de cordero). Corría hasta la valla con los perros cuando pasaban otros perros por la calle y, lo peor de todo, entraba en el salón con los perros cada vez que alguien se dejaba la puerta entreabierta y él conseguía empujarla con su hocico negro.

Supongo que todo el mundo sabe que, a diferencia de los perros, los corderos no aprenden a hacer sus necesidades fuera. Así pues, el paso de Digno por la casa siempre dejaba un rastro. Como veterano limpiador de alfombras que soy, debo admitir que era relativamente sencillo eliminar el rastro. Sin embargo, y como es habitual con esa clase de rastros, era susceptible de ser pisado y, en ese caso, eliminarlo requería lógicamente más trabajo.

Durante muchos años, cuando los niños aún eran pequeños, me correspondió a mí encargarme de esa tarea. Los más pequeños no eran capaces de hacerlo bien y a Joan le horrorizaba tanto que ella también era incapaz de hacerlo. Ahora pienso que en realidad no le horrorizaba tanto como yo creía: a lo mejor me engañó para que yo le demostrara que a los hombres no nos da miedo ensuciarnos las manos.

A medida que los niños iban creciendo, asumían la tarea. El algunos casos, despacio y a regañadientes. En otros, con una aplicación insuficiente de soda y sal. Y, siempre, con muchas discusiones acerca de qué animal era el responsable y de quién era responsabilidad aquel animal.

Con Digno no había discusiones, supongo que porque tampoco había remedio. En pocas palabras, Digno fue un error, tal vez el peor error que he permitido, aunque no el único.

Nunca he sabido qué decirle a un niño que trae a casa otro perro, otro gato u otro pájaro. O –aunque solo sea para recordar otro error– una enorme boa constrictor.

En realidad, no fue Susan quien trajo a casa la boa constrictor. Una noche, después de cenar, alguien llamó a la puerta. Cuando abrimos, entraron en casa dos muchachos, compañeros de instituto de Susan, que llevaban una jaula enorme. Estaba hecha a mano, eso se veía a la legua, aunque los barrotes y la malla de alambre le daban un aspecto bastante sólido.

El suelo de la caja estaba cubierto por una capa de piedras blancas, algunas de las cuales cayeron al suelo cuando los chicos giraron para empezar a subir la escalera y dirigirse a la habitación de Susan. Me agaché para recoger las piedrecillas que habían caído sobre la alfombra del recibidor y fue entonces cuando vi que la jaula contenía una enorme serpiente, más gruesa que mi antebrazo y de unos dos metros y medio de largo.

—Es una boa constrictor, el regalo de cumpleaños de Susan —dijo Andy, el más educado y fornido de los amigos de Susan—. No les va dar ningún problema.

Era obvio que habían dedicado mucho trabajo y dinero al cumpleaños de Susan. ¿Cómo iba a protestar?

En fin, el caso es que Andy tenía razón... al menos al principio. Ben Boa era una serpiente muy buena y educada. Durante toda aquella primavera (el cumpleaños de Susan es en mayo) y todo aquel verano se quedó en su jaula. De vez en cuando se enroscaba alrededor de los barrotes, pero por lo demás no daba problemas.

Confieso que no me gustaba ver comer a Ben Boa. Una vez al mes, Susan iba en bici a la tienda de mascotas y compraba por un dólar un pequeño hámster blanco, que luego metía en la jaula de Ben Boa. La primera vez vi lo que ocurrió, pero a partir de aquel momento ya no volví a mirar ni quise escuchar nada de boca de mis hijos más pequeños, quienes no solo disfrutaban mirando, sino también contando después los hechos con todo detalle.

Pero aparte de comer una vez al mes, lo cual es, al fin y al cabo, lo que se espera de cualquier serpiente doméstica, Ben Boa no nos dio ningún trabajo hasta que la señora Longworth se interesó por ella. A partir de entonces, se convirtió en un gran problema.

La señora Longworth oyó hablar de Ben Boa una noche, mientras cenaba en casa, y se acordó de inmediato de la serpiente doméstica que tenía en la Casa Blanca. Se llamaba Mabel y había sido un auténtico quebradero de cabeza para el padre de la señora Longworth, el presidente Theodore Roosevelt.

—Aunque lo cierto es que no era justo que se quejara —les contó la señora Longworth a los niños, entornando los ojos con esa expresión pícara que adopta cuando está narrando una victoria—, porque él mismo nos había dicho, a los miembros más jóvenes de la familia, que debíamos amar a los animales e incluso nos había dado permiso para traer una mascota a casa.

»Así pues... ¿qué podía decir mi padre cuando fui a comprarme una culebra?

»Sin embargo, yo sabía que padre estaba esperando su oportunidad. Un día, cuando yo tenía dieciséis años, me invitaron a una fiesta a bordo del yate Iselin y llevé a Mabel enrollada al cuello. Lógicamente, la prensa se hizo eco y salió en todos los periódicos. Padre me envió un telegrama: "Alice, yo te dije que amaras a los animales. No te dije que amaras la publicidad".

Cuando la señora Longworth se enteró de la existencia de Ben Boa, insistió inmediatamente en verla. Y no solo eso, sino que la sacó de la jaula y se la enrolló en torno a la cintura, procedimiento cuyo objetivo, según ella misma describió, era darle «calor». A los niños les encantó la idea y, desde entonces, la boa solía estar fuera de su jaula, recibiendo calor.

Y, muy especialmente, cuando la señora Longworth venía a cenar. Una de esas noches y gracias al procedimiento de darle calor a la serpiente, aprendí algo sobre el carácter del primer ministro israelí, Isaac Rabin, que por entonces era embajador.

Rabin es un hombre bajo y rubio, con unos ojos intensamente brillantes, azules y fríos, y unos modales tímidos y aparentemente inseguros. Había sido comandante de tanque durante la guerra de los Siete Días, pero no posee esa fanfarronería que los estadounidenses –quizá gracias al general George Patton– asociamos al oficio.

Es, sin embargo, un hombre de decisiones rápidas, como tuve ocasión de comprobar mientras tomábamos una copa y charlábamos en el salón.

Elizabeth entró en el salón, procedente de otra estancia, y se acercó rápidamente a nosotros con los ojos muy abiertos.

–Papá –dijo–, la serpiente le ha dado cuatro vueltas a la cintura de la señora Longworth.

Elizabeth estaba entusiasmada, porque cuatro vueltas era todo un récord de calor para Ben Boa. Isaac Rabin oyó lo que acababa de decir Elizabeth y también se entusiasmó, aunque en otro sentido.

Los ojos azules le brillaron aún más, hasta que tuve la sensación de que no tardarían en escupir fuego.

–Una serpiente en torno a la cintura de la señora Longworth –repitió despacio.

Y, mientras pronunciaba esas palabras, introdujo la mano derecha bajo la sisa de la manga izquierda. Ya había dado dos pasos hacia la otra habitación antes de que yo pudiera alcanzarlo por detrás y farfullar una explicación.

Lo atrapé antes de que me diera tiempo a averiguar qué llevaba bajo la axila izquierda, debajo del abrigo, pero tengo mis propias sospechas y casi lo admiré por ir tan bien preparado. No le habría servido de gran cosa, desde luego, pero daba la impresión de ser un hombre dispuesto a luchar, con armas o sin armas, en cuanto la ocasión lo exigiera.

Dado que a Ben Boa la sacaban cada vez con más frecuencia de su jaula, era inevitable que a alguien se le olvidara volver a meterla. Cuando eso sucedía, la tarea de buscarla recaía habitualmente en Susan. Pero un día no la encontró.

De todos los niños de nuestra familia, Susan es la que posee una mayor calma y fortaleza interior. Al principio, la desaparición de Ben Boa no la preocupó demasiado. Buscó con calma en los lugares habituales –en los cajones, detrás de las puertas, en los estantes de los armarios, en los conductos de la calefacción–, pero sin resultado. Todas las noches, a la hora de cenar, yo preguntaba si había noticias. Y todas las noches me respondían que no. Hasta Susan empezó a preocuparse y a evocar mentalmente imágenes tan vívidas como fatales: Ben Boa en la acera aproximándose a algún vecino, tal vez con la esperanza de que le diese «calor»; el vecino corriendo hacia un agente de policía; el agente de policía empuñando una pistola...

Aquellas escenas entraban dentro de lo posible, como nos reveló la señora Longworth con su ensayada malevolencia al enterarse de que Ben Boa había desaparecido.

—Hay una enorme —comentó ante un numeroso grupo de mujeres congregadas por ella misma en mi salón con motivo de no sé qué causa benéfica— serpiente suelta por la casa. —Y luego, volviéndose hacia las tres mujeres sentadas en el sofá, añadió—: Ya saben ustedes que les encanta esconderse debajo de los cojines.

Yo no estaba delante cuando la señora Longworth hizo ese comentario, pero Joan me contó aquella noche que las tres señoras en cuestión se pusieron muy pálidas y que la reunión terminó casi de inmediato.

—En realidad, ya casi había terminado —me dijo Joan—. La señora Longworth creía que ya era hora de irse.

La descripción que de los acontecimientos de la tarde hizo Joan nos dio una pista. Susan y Nancy se fueron arriba y empezaron a levantar colchones. Bajo el de Susan, completamente estirada sobre los muelles de acero, estaba Ben Boa, fría e inerte.

Es triste despedirse de un ser querido, aunque ese ser sea una serpiente y se sienta cierta culpabilidad al pensar que esa despedida podría haberse evitado. Las boas constrictor, tal y como descubrí tras una llamada al Zoológico Nacional, necesitan una temperatura de 30 °C. En la jaula de Ben Boa había una bombilla que le proporcionaba cierto calor, pero al parecer no el suficiente. Fuera de la jaula, cuando deambulaba por casa, estaba a unos veinte grados y eso es una temperatura muy fría para una boa constrictor. Pero durante aquel invierno, Susan —sin saberlo— había expuesto a Ben Boa a algo mucho peor. Sin dudarlo ni un segundo, afirmó con toda exactitud la causa de la muerte.

—Papá, no tendría que haber dormido tantas noches con las ventanas abiertas.

Para Susan debió de ser muy triste preparar a Ben Boa para el entierro. Sacó a la serpiente de entre los muelles de la cama y la metió en una funda de almohada. Pero cuando yo llegué a casa la tarde siguiente, Susan no parecía nada triste. Más bien estaba sin aliento.

—Nancy y yo hemos cavado un agujero detrás de las azaleas y estábamos metiendo a Ben Boa dentro cuando la funda de almohada se ha movido. Así que la hemos metido en el coche y nos hemos ido enseguida al zoo, pero nos hemos metido por la entrada que no era y un señor del zoo nos ha parado y entonces le hemos explicado lo que pasaba. Y él ha cogido a Ben Boa y se la ha llevado, y nos hemos quedado allí esperando, hasta que ha salido con la funda de almohada vacía y nos ha dicho que Ben Boa se iba a poner bien.

Y así fue. De hecho, los niños van a verla de vez en cuando y en algún lugar de mis archivos conservo una carta oficial del zoo en la que me agradecen la donación de una boa constrictor, valorada en ochenta dólares. Vaya, parece que a Andy le gustaba mucho Susan.

Ojalá despedirse de todas las mascotas tuviera un final tan feliz. Me parece imposible haber asumido, durante mi modesta vida, la responsabilidad en última instancia sobre trece perros, cinco caballos y dieciocho gatos, además del cordero y la boa constrictor.

Y eso que no cuento ni los pájaros ni un mono de efímera existencia llamado Fagin, cuya tos extraña y gutural confundí con el parloteo habitual de un mono, cuando en realidad tendría que haberme hecho pensar en una neumonía.

Todos han muerto –todos excepto cuatro perros y un gato– y quiero creer que sus almas descansan en paz, porque todos sin excepción recibieron un buen trato en este mundo: se les medicó, vacunó, alimentó, cepilló, lavó, ejercitó, mimó, adiestró y, cuando las circunstancias lo requirieron, se les enseñó a hacer sus necesidades fuera de casa.

Y se les dio sepultura. He sido portador del féretro en muchos funerales y también principal consolador de los afligidos. Hay algo en la combinación de los términos «animal» y «familia» que hace presagiar una tragedia, pues los animales suelen morir pronto. Se mueren pese a los cuidados y el cariño, pese a las vallas y el adiestramiento. Mueren atropellados y, si no mueren atropellados, mueren de viejos cuando los niños que los aman aún son muy jóvenes.

Y así es como los niños aprenden qué es la tragedia. Pero antes han aprendido lo que significa cuidar, dar de comer, lavar, adiestrar y llevar al veterinario. Han aprendido qué es el hambre y el hastío, la felicidad pura, la enfermedad y la recuperación. Han aprendido qué es envejecer. ¿Por qué no deberían, entonces, aprender qué es la muerte? Dado que los caminos del Señor siguen siendo misteriosos, ¿acaso no sirven para eso las mascotas?

Hubo una época, antes de tener niños, en que tenía un pastor alemán grande y precioso y en que me incomodaba el famoso comentario sobre los perros que había hecho Thorstein Veblen en su *Teoría de la clase ociosa.* «El perro –escribió Veblen– se gana nuestro favor porque nos permite ejercitar nuestra inclinación al dominio y, como es también un artículo costoso y no sirve por lo común a ninguna finalidad industrial, ocupa en el concepto del hombre un lugar firme como objeto de buena reputación».

Puede que eso sea cierto en el caso de ancianitas con perros salchicha o de hombres solteros con pastores alemanes. Pero después de haber conocido tantos animales –perros, sobre todo–, yo reformularía la frase de Veblen de la siguiente manera: « El perro se gana nuestro favor de un modo que nos cuesta admitir y es que al poseer una enorme capacidad de afecto y amistad, y tener una vida corta, expone a nuestros hijos, de la forma más delicada posible, a la tristeza y la inevitabilidad de las despedidas».

Castillos que han conocido

«El hogar de un hombre es su castillo», dijo el juez, más o menos a mitad de su alegato ante el jurado. Y, cuando citó una sentencia del siglo XIX emitida por el Tribunal Supremo de California, en la que se utilizaba esa cita, me recliné en mi silla con un tímido suspiro de alivio.

Era una demanda civil y la cantidad que se me pedía era de veinticinco mil dólares. Cifra que, supongo, podría haber conseguido de haber vendido casi todo lo que tenía.

Por si eso fuera poco, me sabía culpable de haberle pegado a un hombre. Le había atizado un gancho de izquierda en la boca.

—Aquí tiene —había gritado el hombre, después de entrar de un salto en el recibidor de mi casa y plantarme un fajo de papeles en el pecho—. Su notificación.

¿Estuvo mal pegarle? Ojalá no lo hubiera hecho. Porque allí estaba yo, en el tribunal, y allí estaban los miembros del jurado, en sus asientos, y yo no sabía qué pensaban. ¿Qué piensan los miembros del jurado de un hombre que pega al agente judicial que le hace entrega de una citación?

Una vez más, repasé mentalmente los sucesos de aquel día de hacía dos años. Eras las 6:20 de la mañana. Así se había dicho en la sala y recuerdo perfectamente la hora porque Joan y yo estábamos durmiendo cuando oímos que alguien llamaba a la puerta. Más importante aún, Elizabeth dormía y lo que nos preocupaba era el sueño de Elizabeth. Por entonces, ella tenía nueve años y era una niña enfermiza. Tos convulsiva, o como sea que llamen ahora los médicos a los espasmos constantes que parecían iniciarse en la base de su columna vertebral e iban subiendo hasta que le temblaba todo el cuerpo. Elizabeth tenía un cuerpo menudo. El doctor Harvey había estado en casa a medianoche, le había dado algo y a eso de las dos se había quedado dormida.

En realidad, fue Joan la primera en oír que llamaban a la puerta y me tiró del brazo para despertarme.

—Tom, Tom, están llamando a la puerta.

Pensaba que aún era noche cerrada, pero tampoco me tranquilicé mucho cuando consulté la hora en mi reloj de pulsera. Quien fuera que estuviera aporreando la puerta de casa, lo hacía con ganas.

Me levanté de un salto de la cama y fui corriendo hasta la escalera.

—Un momento —exclamé. Y luego, con cautela—. ¿Quién es?

—¿Es usted Thomas W. Braden? —dijo una voz desde la calle, justo cuando llegué a la puerta.

—Sí —respondí—. ¿Qué quiere?

—Tengo una citación judicial para usted.

Bueno, recibir una citación judicial era algo bastante habitual en mi vida. Dirigía un periódico en Oceanside y tenía unos treinta empleados, uno o varios de los cuales se topaban de vez en cuando con un recibo que no podían pagar o tenían problemas con alguna financiera. A veces se me informaba, mediante citación judicial, de que estaba obligado a embargarles el sueldo, pero las citaciones me las entregaba por lo general uno de los funcionarios de los juzgados y me las daba en la oficina. ¿Qué hacía aquel hombre en mi casa, y a aquellas horas?

Se lo pregunté.

Y, a modo de respuesta, él me formuló otra pregunta.

—¿Va usted a aceptar la citación judicial?

—No —dije—. Y tiene usted mucha cara de venir a despertar a la gente a estas horas. Mi hija está enferma. Vuelva usted a las nueve.

En aquel momento, el hombre abrió la puerta, que no estaba cerrada con llave, dio un paso al frente y me plantó la citación en el pecho.

Fue entonces cuando le pegué. Joan había testificado y el abogado de la parte contraria había conseguido que admitiera que, cuando yo me había levantado de la cama, estaba, en palabras de la propia Joan, «rabioso». ¿Me iba a perjudicar esa declaración?

Me pregunté a mí mismo, con sinceridad, si había utilizado a Elizabeth como excusa. En parte, puede que sí. La rabia siempre busca una excusa, pero si uno tiene a una niña enferma en casa y alguien llama a la puerta a las seis de la mañana, el instinto protector se impone. Creo que la frase «El hogar de un hombre es su castillo» resume perfectamente la situación.

Así, me alegró que el juez incluyera esa cita en su discurso final ante el jurado y que la incluyera pese a las objeciones de la parte contraria. Resultó ser, según me dijeron más tarde algunos de los miembros del jurado, fundamental entre los factores que influyeron en su decisión de absolverme. Y si la menciono ahora es porque también me parece un factor fundamental a la hora de ser padre de ocho hijos.

A la defensiva, así es como se sienten los padres respecto a los castillos en los que viven sus hijos. Si pudieran, construirían fosos y altos muros. Pero ese «algo» que, según Robert Frost, no era amigo de los muros podría ser un niño. Un muro es un desafío para cualquier niño, lo mismo que una puerta cerrada con llave.

A mis hijos les digo una y otra vez que es importante cerrar con llave la puerta principal, pero una y otra vez me la encuentro abierta. Ha sido una batalla constante entre nosotros durante nuestra ocupación compartida de tres castillos, ninguno de los cuales me he visto en la necesidad de defender, pero acerca de los cuales me he sentido siempre muy protector.

Uno de esos castillos estaba en Virginia, a orillas del Potomac; otro en Oceanside, California, a orillas del mar; y otro en Maryland, a orillas de lo que David llama «el gueto cultural» de Chevy Chase. La casa de Chevy Chase es más grande que las otras casas, pero si tuviera que apostarme algo, diría que la de California es la que ya forma parte de los sueños de mis hijos.

La casa la había construido en la playa, en 1929, un director de cine llamado Richard Wallace, y la había construido con poco presupuesto, lo cual fue una suerte para nosotros. Porque cuando nos mudamos, en 1954, solo teníamos tres hijos y el mayor de ellos, David, tenía cuatro años. Una casa cuyos tabiques interiores son de cartón yeso es una buena opción para una familia que no hace más que crecer: o se echan al suelo los tabiques de cartón yeso para hacer más grandes las habitaciones, o se levantan más tabiques para dividirlas en dos.

Y así, la casa iba cambiando a medida que iba aumentando el número de miembros de la familia. De hecho, todas las habitaciones iban cambiando.

—¿Te acuerdas —le pregunta Nancy a Susan a veces— de cuando dormíamos en literas en la habitación de David, al final del pasillo?

Y Tommy responde:

—La habitación de David no estaba al final del pasillo. La habitación de David estaba justo al lado de la escalera.

Y, entonces, Nancy zanja la discusión con una frase que todos, excepto Nicky, podrían haber usado:

—Tú no puedes acordarte de la habitación vieja de David, porque aún no habías nacido.

No sé si ese «aún no habías nacido» provoca efectos perjudiciales en la mente. Sé, por experiencia, que la persona que aún no había nacido siempre adopta una expresión triste. Y es una discusión difícil de ganar, a menos que se pueda desautorizar con un comentario tipo «Pero yo sí había nacido. Y me acuerdo de la vieja escalera que bajaba a la playa desde la habitación de David. Y del pato que Susan ataba por la pata al último escalón».

Pero el único recuerdo que todos conservan en común es la playa. Eso nunca cambiaba. Bueno, claro que cambiaba, al menos en el sentido Rachel Carson. La marea avanzaba un poco más en invierno y retrocedía un poco más en julio. Los barcos arrojaban residuos a la primera oportunidad que se les presentaba. En una ocasión, para mi horror, las olas trajeron un cuerpo hasta la orilla justo cuando Joannie y yo estábamos en la playa. Estaba tan hinchado y mordisqueado que ni siquiera parecía un cadáver, lo cual me ahorró tener que decir qué era: me limité a desear que Joannie no se diera cuenta. Otras veces, casi siempre en verano, veíamos marsopas que quedaban varadas en la arena por motivos que no consigo entender. Los niños corrían a verlas y, de vez en cuando, una marsopa se recuperaba del mal que la aquejaba y empezaba a moverse, entre los hurras de los presentes. Verano tras verano, veíamos las percas que saltaban entre las verdes olas. Los fines de semana, David se pasaba el día pescando con un largo sedal y, por la noche, comíamos perca asada en una hoguera que encendíamos en la playa.

Solíamos cantar alrededor de aquellas hogueras, alegremente, sin avergonzarnos, desafiando con nuestros pulmones al rítmico romper de las olas. El *Himno de Batalla de la República* se convirtió en nuestra canción favorita mucho antes de que Robert Kennedy lo utilizara como tema no oficial de su campaña en 1968. Recuerdo que la primera vez que escuché la canción usada en ese sentido, en un acto de campaña de Kennedy, pensé que nos la habían robado. Me consoló ver que sus hijos no se sabían las cuatro estrofas.

Y cada año, a principios de primavera, los peces grunón chapoteaban en la orilla.

—Mamá, ¿podemos quedarnos despiertos para ir a coger gruñones? —decían mis hijos.

Era un grito alegre que marcaba el cambio de estación y que, a día de hoy, me sigue pareciendo mucho más interesante, eufórico y libre que «Feliz Navidad».

De hecho, cuando recuerdo aquellos primeros años en Oceanside en que no tenía dinero; en que las cuotas anuales del préstamo que había pedido para comprar el periódico me angustiaban tanto que a veces ni siquiera podía dormir; en que Joan se despertaba y me encontraba sentado al borde de la cama, preocupado; en que nadie en Oceanside tenía dinero; en que iba a cobrar facturas y mi amigo comerciante me decía «Tom, no tengo dinero»... Cuando pienso en aquellos tiempos, les estoy agradecido a mis hijos, porque me hacían feliz a pesar de todo y siempre he creído que ese «a pesar de todo» es la única forma en que el ser humano puede averiguar qué es la felicidad.

Ah, pero también había otras cosas que me resultaban gratificantes. Una de ellas era el puerto deportivo de Oceanside, por el que el alcalde, yo y, desde Washington, el congresista James B. Utt luchamos mucho. El Cuerpo de Marines tenía un puerto deportivo en el extremo norte de Oceanside, pero no servía de gran cosa porque se llenaba una y otra vez de cieno y, cada pocos años, el Cuerpo de Ingenieros del Ejército tenía que gastarse miles de dólares para dragarlo.

Creo que en un principio la idea fue del alcalde de Oceanside, Erwin Sklar: si el pueblo conseguía que el Congreso obtuviera algo más de dinero para el Cuerpo de Ingenieros, estos podían excavar un nuevo puerto en Oceanside mientras se dragaba el viejo puerto del Cuerpo de Marines. Y así conseguiríamos que nuestro pueblo saliera en los mapas. Sobre todo porque en la costa del Pacífico no había ni un solo puerto deportivo entre San Diego y Newport.

Así que todos nos pusimos a trabajar en esa idea y yo, como director del periódico, acudí a reuniones, escribí editoriales y envié cartas a Washington. Me atrevería a decir que yo también ejercí cierta influencia. Me sentí especialmente orgulloso del telegrama que llegó un día al despacho, firmado por John F. Kennedy. Decía así: «Me complace hacerle saber que hoy he firmado el proyecto de ley

1362 de la Cámara de Representantes, que autoriza la construcción en la costa de Oceanside. Felicidades».

Más tarde, recibí una estilográfica por correo, la que había usado Kennedy para firmar el proyecto de ley. La hice enmarcar y la colgué justo debajo del telegrama.

Algunos de los habitantes del pueblo se quejaron de nuestra victoria. Los más viejos del lugar dijeron que la corriente oceánica que fluía hacia el sur chocaría con el espigón, giraría y acabaría comiéndose la playa. El progreso siempre provoca cierta oposición. Pero yo me sentía feliz, tratando de cobrar facturas, viviendo al borde de la ruina, luchando por un puerto deportivo y jugando con mis hijos.

Aprendí a hacer surf y los niños también. David se esforzó mucho y destacó en ese deporte, y todos aprendieron a amar el océano y a tenerle respeto.

Sin embargo, dos sucesos nos estropearon el encanto de Oceanside. Me gusta pensar que ambos fueron obra de Dios, que no fueron «culpa mía», como diría Nicholas. Pero el primero de esos sucesos cuestionó mis tareas como padre y el segundo se produjo porque yo había aceptado la tarea de impulsar el progreso en mi pueblo. Se me acercaron, esos dos sucesos, en forma de brujas que hacen preguntas y cuando yo ya me había comprometido al máximo, entonces me atacaron.

El primer suceso se produjo de la siguiente manera: un día del verano de 1963 apareció un recién llegado en la playa y anunció su presencia con un extraño artefacto. Varios obreros se pusieron a trabajar en la arena, equipados con dos enormes vigas de madera que, una vez enterradas en la arena, resultaron ser los cimientos de una nueva casa.

Todos los habitantes de la playa de Oceanside vivíamos en lo alto de un acantilado y descendíamos a la playa por escaleras muy largas: la nuestra tenía veintiséis escalones (soy un experto contador de escalones), pero en otros casos aún eran más largas, dependiendo de la inclinación del acantilado.

Así pues, todas las casas de la playa de Oceanside estaba protegidas del mar, no solo en la práctica, sino también en el diseño: no disponían de ventanas panorámicas con vistas al océano, sino de minúsculas ventanas con postigos para protegerse del mar. En ese sentido, se parecían a las casas de Cape Cod, lo cual resultaba bastante ridículo teniendo en cuenta el clima californiano, y no es que encajara mucho con el intento de la arquitectura moderna de integrar las casas en su entorno.

Pero teníamos la habitación de las literas, una especie de sala larga, estrecha y de techo bajo que se extendía en paralelo a la casa, por debajo de la planta principal. La habitación de las literas era lo más cerca que se podía estar del mar sin salir de casa y, en mi opinión, era ideal para los invitados. Aunque no resultaba exactamente elegante, disponía de ducha, de un par de minúsculos vestidores y de una sala grande equipada con literas. El único problema era que para ir de la habitación de las literas a la casa había que salir al exterior y rodear el lado de la casa que daba al mar hasta llegar a la escalera. A los invitados no les importaba, porque así disfrutaban de cierta intimidad. Pero a mí sí me inquietaba un poco porque, cuando la familia creció, Mary, Susan y Nancy tuvieron que mudarse a la habitación de las literas. Eran pequeñas y, si bien dormían bajo techo, por las noches y por la mañana tenían que caminar por el exterior para salir o entrar. La habitación de las literas, pues, me preocupaba, pero también me hizo admirar más aquella estructura que iba viendo surgir de la arena, un poco más abajo y a la derecha de nuestra casa.

Porque aquello era una habitación de las literas mucho mejor que nuestra habitación de las literas. Una habitación de las literas que era una casa en sí misma. Me maravillaron tanto la audacia como la destreza de la arquitectura moderna. No es que fuera un proyecto colosal, más bien era una especie de cabaña, pero la idea en la que se basaba era tan simple que uno se preguntaba «¿Por qué no se me habrá ocurrido a mí?».

«No hace falta construir las casas en lo alto del acantilado y pasarse la vida subiendo y bajando escaleras –parecía decir aquella casa–. Basta con asegurar dos vigas a la pared del acantilado, hundir un par de columnas de cemento en la arena, en el otro extremo de las vigas, y ya tienes los cimientos. Las olas pasan por debajo del suelo y de las cañerías. No causan el menor daño».

Y funcionaba. Funcionaba a la perfección. Cuando la marea estaba más alta, el agua apenas tocaba las tablas de madera del suelo de aquella nueva casa; e incluso con la marea baja, siempre había suficiente agua como para que el porche delantero no solo diera al mar, sino que literalmente estuviera en el mar. Una idea brillante. Tomé nota mental de felicitar personalmente al dueño algún día.

Pero, ay señor, eso no iba a ocurrir, porque cuando conocí al dueño de la casa en cuestión, era la una de la madrugada de un día de invierno y la bruma procedente del mar entraba por las ventanas de la habitación de las literas. Me pegué a la pared, escuché los pasos que subían por la escalera, oí abrirse la puerta, vi a la figura que cruzaba la puerta y se quedaba allí, y escuché su respiración.

Justo delante de mí, que me hallaba en uno de los extremos de la habitación, veía a mis tres hijas en sus camas: Nancy en la otra punta de la sala, cerca de donde se hallaba la figura; luego Susan; y luego Mary, enfrente de mí. A mi izquierda, de pie en el otro extremo de la habitación, estaba el señor Lorimer.

No tenía ninguna duda de que era él, pese a que en la oscuridad no podía distinguir su rostro ni ver si el rostro en cuestión lucía las gafas de montura de carey que me habían dicho que debía buscar. La noche anterior, las tres niñas habían entrado atropelladamente en nuestro dormitorio, vestidas con camisón, y nos habían despertado a Joan y a mí con su llanto. Un hombre había entrado en su habitación, nos contaron, y se había quedado allí, respirando. Estaban seguras de que ya lo había hecho antes. Se lo había dicho Mary. En una ocasión, Mary estaba despierta y había oído pasos en la escalera. Luego había oído que alguien abría la puerta y había visto una figura, pero estaba tan aterrorizada que ni siquiera había podido gritar. No nos lo había contado ni a mí ni a Joan. Creía que a lo mejor había sido una pesadilla, pero por si acaso, aquella noche había advertido a sus hermanas. Nancy se había quedado dormida, pero Susan y Mary habían permanecido despiertas y las dos habían oído pasos y habían visto a la figura.

—Es el señor Lorimer, papá. El hombre de la casa nueva. Se queda allí quieto respirando, papá.

Y allí estaba yo, la noche siguiente, pegado a la pared de la habitación de las literas. Me quedé allí durante unos cuatro o cinco minutos, en absoluto silencio. En la playa, las olas se encrespaban y luego rompían; entre una cosa y otra, oía el tictac del reloj que descansaba en un estante, encima de la cama de Mary. Y, de repente, la figura que estaba al otro extremo de la habitación dio media vuelta. La puerta se abrió sin hacer ruido y oí pasos que descendían la escalera, hacia la playa.

—Silencio —les dije a las niñas en voz alta—. Quedaos donde estáis. No digáis nada, no os mováis.

Las tres niñas estaban sentadas en sus camas, muy erguidas.

—¿Era el señor Lorimer, papá? —susurró Mary.

No me quedé para responder. Porque, nada más oír los últimos pasos en los escalones de madera, yo también me dirigí a la puerta y, desde la esquina de la casa, observé la franja de arena que iba desde nuestro hogar hasta la casa nueva. Y allí estaba: al cabo de un minuto, vi la figura de un hombre que cruzaba la playa y lo seguí con la mirada hasta que desapareció por la puerta trasera de su casa.

Regresé a la habitación de las literas, abracé a mis hijas, las llevé arriba y las acomodé en las camas de sus hermanos y hermanas, que dormían profundamente.

Joan opinaba que debíamos llamar a la policía en aquel preciso instante. Yo, en cambio, decidí que era mejor ir a ver al jefe de policía –amigo nuestro– «por la mañana», como me gusta decir cuando ya es casi de día y yo aún no me he acostado.

Así fue como conocí al señor Lorimer. Resultó que era el vástago soltero de una acaudalada familia y que llevaba mucho tiempo viviendo en las playas. Mi amigo, el jefe de policía, puso en marcha una operación de vigilancia, que consistía en un coche patrulla en la calle, delante de la casa, y en un agente de paisano en la playa. El agente de paisano pilló al señor Lorimer la madrugada siguiente mientras este subía la escalera de la habitación de las literas.

Según el jefe de policía, el señor Lorimer dijo –cuando se le pidió que subiera al coche patrulla para responder a unas cuantas preguntas– que había oído decir que yo viajaba mucho y que le preocupaba la seguridad de las niñas. Y que había considerado que su obligación era ir a echar un vistazo por las noches.

—Un bicho raro —dijo el jefe de policía—, pero estaba asustado. No creo que os vuelva a molestar.

Pero Lorimer sí volvió a molestarme. A partir de aquel momento, pasó a considerarme su enemigo. Supe por los vecinos que Lorimer me consideraba un peligroso radical de izquierdas (él hacía ondear la bandera nacional en lo más alto de su nueva casa). Peor aún: en una ocasión se encontró con Mary en la playa y le lanzó tales improperios que un sargento del Cuerpo de Marines que casualmente pasaba por allí se enfadó mucho, se fue a la oficina del fiscal del condado y le puso una denuncia. Pero en realidad todas esas cosas carecían de importancia. Porque lo que más me molestó de Lorimer, lo que realmente me fastidió, es que por su culpa me vi obligado a remodelar la casa de nuevo.

Echamos abajo la habitación de las literas y levantamos muros en el sitio que antes había ocupado. Y mientras hacíamos esto y lo otro, y unos sesenta mil dólares más tarde, me encontré con la que sin duda era la casa más bonita de toda la playa de Oceanside.

Bonita, pero sin sentido. Apenas había terminado la casa y había empezado a pagar una hipoteca nueva (y más alta) cuando se produjo el segundo suceso. Y se produjo despacio, aunque no tanto como para pasar desapercibido. Se veía llegar por la costa, desde el nuevo puerto: avanzaba unos cuantos palmos cada semana, gradualmente pero con determinación, interesante pero horrible y natural. Y, por tanto, implacable.

E irónico también, supongo, porque yo había trabajado muy duro para que se construyera aquel puerto deportivo. Sin embargo, no era la clase de ironía que podía hacerme sonreír: porque cuando el puerto llegó, la playa desapareció, exactamente como habían pronosticado los viejos antiprogresistas del lugar. Primero, las corrientes chocaron contra el nuevo espigón, viraron y empezaron a erosionar la playa. Luego, las corrientes arrastraron todas las rocas que los ingenieros habían retirado para construir el puerto deportivo. Y las acumularon a lo largo de la costa: primero en el lado resguardado del espigón y luego, palmo a palmo, metro a metro, en la playa, hasta llegar a mi casa y más allá.

Ver ahora aquella casa resulta triste: está en lo alto del acantilado, con su gran ventanal donde antes estaba la habitación de las literas, y mira hacia el océano, hacia donde antes estaban la playa y el campo de fútbol y las hogueras, hacia una extensión de piedras amontonadas que ocupan un centenar de metros o más.

Para llegar al océano desde la casa, habría que ponerse zapatos resistentes y un mono de trabajo, y habría que estar preparado para escalar las rocas. Y, una vez sorteadas las rocas, resultaría imposible nadar porque la corriente sigue arrastrando rocas enormes que se amontonan junto a las demás rocas enormes, y cualquier ola puede resultar mortal.

El dinero que me gasté en aquella casa ha desaparecido, lo mismo que la playa. ¿Quién quiere comprarse una casa en la playa cuando en realidad es una casa en las rocas?

Como he dicho, resulta triste verla, pero justo el otro día fui hasta allí para echarle un vistazo. Se ha convertido en una ruina carísima. Solo me quedaba un consuelo: mientras estaba allí en las rocas con el doctor Harvey, contemplando aquel escenario desolador, se me ocurrió preguntarme si la casa del señor Lorimer habría sobrevivido al progreso. Y miré hacia allí. ¿Y sabéis qué? Había una pila de rocas en el lugar que antes ocupaba la casa del señor Lorimer, pero la casa había desaparecido.

Papá grita mucho

En la playa de Oceanside construíamos enormes hogueras y por las noches cantábamos canciones que hablaban de trenes y dólares de plata y de estar «a quinientas millas de casa». Las olas rompían con fuerza en la arena lisa y húmeda de la orilla, más allá de nuestra hoguera, y el sonido reverberaba, de manera que había que cantar muy alto para animar a los niños a cantar también.

Joan tiene muchas virtudes y un solo defecto: es incapaz de entonar una melodía. Así que siempre me tocaba a mí dar ejemplo ante los niños tímidos, y puede que esos catorce años cantando en la playa tengan algo que ver con mi tendencia a la estentoreidad.

O puede que, al haber recibido formación como jefe de pelotón y encontrarme con medio pelotón a mi cargo, resulte natural ladrar órdenes en voz altísima, para hacerse oír por encima del ruido de *jeeps*, de semirremolques y de Nicholas diciendo «Tengo nuevo años y hago lo que quiero».

En fin, Joan dice que hablo muy alto y todos nuestros hijos parecen haberse hecho eco de su criticismo, así que cuando charlamos en broma a la hora de cenar y nos dedicamos a enumerar los defectos de los demás, todos están de acuerdo en que «papá grita mucho».

Me siento justamente aleccionado. Envidio la calma y el silencio. ¿Existen padres capaces de dar órdenes o lanzar advertencias limitándose a asentir o a arquear una ceja? Estoy convencido de que hay momentos en que la única opción que queda es gritar.

Recuerdo que una vez, cuando estaba con el ejército en Italia, cometí un terrible error que solo una voz poderosa podía solventar. Teníamos que cruzar un río poco profundo y, para llegar al punto en que debíamos cruzarlo, era necesario adentrarse por una carretera estrecha y embarrada, que seguía el curso del río, y luego desviarse bruscamente a la derecha en un cruce. El desvío era importante, les expliqué a los conductores de los cuatro camiones cuando hicimos un alto bajo un árbol para estudiar el mapa a la luz de las linternas, porque quien siguiera recto acabaría llegando, tarde o temprano, a las líneas alemanas.

Así que nos pusimos en marcha y yo iba a la cabeza, en el *jeep*. Los camiones, detrás de nosotros, llevaban las ametralladoras. Estaba muy oscuro y conducíamos con las luces apagadas, de modo que íbamos muy despacio. Y tal vez fue ese el motivo de que, cuando llegamos al desvío, no se me ocurriera apostar allí un hombre para que guiara a los demás. Tendría que haberlo hecho, desde luego. Hasta el más tonto lo habría hecho, pero yo veía el camión que nos seguía y estaba seguro de que el conductor nos había visto tomar el desvío. Y pegado a él iba otro camión. En fin, que no aposté a ningún hombre para que guiara a los demás.

Carretera allá, poco después del desvío, me detuve a mirar. Vi que me seguían tres camiones. No vi el cuarto. Bajé del *jeep* y eché a correr y mientras corría y dejaba atrás el primer camión, el segundo y el tercero, me invadió el pánico. Y entonces corrí más rápido y mientras corría empecé a gritar a voz en cuello.

—¡Stein! ¡Stein! ¡Stein! ¡Da la vuelta, Stein!

Me pregunto si me oyeron los alemanes, pues mi voz atravesaba el húmedo aire nocturno y me llegaba de nuevo, tras rebotar en la espesura del bosque. Era un buen nombre para gritárselo a los alemanes y el conductor del cuarto camión debía de tener buen oído para escuchar aquel grito lejano por encima del lento chirrido de las marchas.

Stein se detuvo. Más tarde nos contó que había empezado a dudar al no ver a nadie por delante y que, tarde o temprano, se hubiera detenido. Pero la cuestión es que me oyó y si él o quienes lo acompañaban en el camión siguen vivos hoy, se lo deben al afortunado hecho de que el jefe de su pelotón poseía, por lo menos, la capacidad de gritar.

He pensado mucho en aquel paso de río porque tengo la sensación de que si el mundo es un escenario y los hombres representan diferentes papeles en su vida, como decía Shakespeare, la mía se ha detenido y estoy condenado a la eterna tarea de ayudar a los demás a cruzar el río, gritando sin descanso.

En una ocasión, fuimos de excursión a Colorado y, al mirar hacia la pista de montaña por la que habíamos descendido, vi a Joannie, que por entonces tenía ocho años, sentada en un saliente sobre un abismo de unos sesenta metros. Se había salido de la pista y había resbalado por un terraplén de grava muy pronunciado. Miraba más allá del saliente, aterrorizada, y no se veía capaz de volver a subir. Y allí estaba, sentada, encogida y, según supe más tarde, llorando. «Papá, papá», decía, pero yo no podía oírla.

Al contemplar aquella minúscula figura que se recortaba contra el cielo, tuve la sensación de que Joannie había sucumbido al vértigo y de que, si se ponía en pie, podría marearse y precipitarse al vacío. Empecé a gritar, en voz tan alta que desperté la curiosidad de un pastor vasco en un prado cercano. El hombre se acercó al galope, a lomos de su caballo, y llegó a Joannie antes que yo.

Aún conservo en la mente la imagen de aquel hombre tosco y barbudo, con aspecto de tártaro, que descendió hasta aquel saliente, cogió a Joannie con un brazo, sin aparente esfuerzo, y se la sentó delante. Es una imagen que vale la pena conservar, pero me hace sentir un poco tonto. «Bueno, al menos grité –me digo–. Si no hubiera gritado, ese hombre no habría acudido».

Lo que más me preocupa acerca de las críticas de mi familia no es que yo grite mucho, sino más bien lo que grito. Lo que grito carece de contenido intelectual, es indigno de la vida que he vivido y de la sabiduría que libros, profesores y buenos amigos han tratado de ofrecerme. Las cosas que grito convierten en estúpida y trivial la idea de que la antorcha va pasando de una generación a otra.

«¡Cierra el grifo!», «¡Deja ya el gas del mechero!», «Mira hacia atrás antes de lanzar el sedal», «¡Espera! ¡No saltes al agua!», «¡Eh! ¡Vuelve ahora mismo! No te has hecho la cama».

¿Es esta la clase de sabiduría que Longfellow trataba de impartir a sus nietos entre juego y juego durante la hora de los niños? ¿Es esto lo que Winston Churchill echaba de menos en la educación de aquellos «mozalbetes no instruidos» a quienes no se atrevía a pasar la lámpara?

Qué triste que entre tres cuartas partes y cuatro quintas partes de lo que un padre enseña a sus hijos se limite a las típicas advertencias que casi me abochorna poner por escrito.

Y, aun así, si me pidieran que enumerara los atributos esenciales de un padre de ocho, no dudaría a la hora de colocar entre los más importantes la capacidad de gritar para captar la atención, imponiéndose a la distancia y a los rivales, ya sean animados o inanimados. Mis gritos, estoy convencido, han salvado ojos, han impedido cuellos rotos, quemaduras y muertes por atropello. Han logrado ayuda y han devuelto a casa a los rezagados. Han hecho caso omiso de discusiones cuando las discusiones significaban retrasos y cuando los retrasos significaban peligro. Y también han llevado a los culpables ante la justicia cuando los culpables se disponían a huir.

Esto último lo justifico como una contribución a la disciplina familiar y, por tanto, al bienestar común, pero estoy dispuesto a aceptar que esa contribución se realiza a expensas de la serenidad. Joan dice que los gritos molestan casi tanto como la habitación desordenada o la cama sin hacer que los provocan.

Pero cuando un padre se encuentra en mitad de la habitación desordenada, contemplando las camas sin hacer, y ve por la ventana al niño que se aleja rápidamente por la calle, tiene que tomar una decisión de inmediato. Y sea correcta o no, la decisión que yo tomo es gritar.

Supongo que el padre de un hijo único quizá elegiría esperar hasta que el hijo en cuestión regresara de casa de su amigo, o del partido de béisbol, y que entonces hablaría tranquilamente con él sobre las tareas descuidadas. Pero con más de tres niños, esa opción es poco viable. Con ocho, sería necesario llevar una lista. Porque con ocho, es inevitable que en cualquier momento surja algo que exige gritos. En una familia de ocho niños, al niño que no se le regaña de inmediato tal vez ya no se le regañe nunca. Y que se libre es injusto para el niño al que pillan con las manos en la masa.

Durante muchos años, me estuve diciendo a mí mismo que llegaría un día en que nuestra familia podría vivir sin tantos gritos, que a medida que los niños se fueran haciendo mayores desaparecería la necesidad de tanta advertencia y también los gritos de indignación al descubrir tareas descuidadas. Pero no contaba con el teléfono.

A medida que los niños van creciendo, el teléfono se vuelve más y más importante en su vida cotidiana, así que después de clase, o cuando vuelven todos a casa durante las vacaciones en Navidad y en verano, en nuestra casa solo se oyen gritos.

No hay otra forma. Instalar un sistema de timbres es tirar el dinero, porque ningún niño está en su habitación cuando recibe una llamada. Siempre está en el jardín jugando a fútbol, o en la habitación de otro niño o en la cocina cogiendo algo de la nevera. O a lo mejor ni siquiera está porque se ha ido a casa de algún vecino, hecho que solo sale a luz si no responde cuando lo llaman a gritos.

Lo he intentado con un número distinto y un nombre distinto en el listín: «Braden (hijos)». Fue idea de la compañía telefónica y, durante algunos días, nos ahorró unos cuantos gritos a Joan y a mí, hasta que los amigos de los niños descubrieron que cuando «Braden (hijos)» comunicaba, «Braden» también servía.

Y lo mismo nuestros amigos, que cuando no podían hablar con nosotros llamaban a la línea de los niños. Joan estaba una día hablando por nuestra línea y diciéndole a un reportero del *New York Post* que hacía meses que no hablaba con Henry Kissinger y que, por tanto, no tenía ni idea de su estado de ánimo ni sabía si tenía intención de seguir en su puesto o de dimitir (por aquel entonces, Kissinger era asesor de la Casa Blanca). En ese momento, entró Tommy en la habitación, gritando a pleno pulmón:

—¡Mamá! Henry Kissinger por la otra línea. Dice que a qué hora es la cena.

El reportero se lo tomó bien.

—Adelante, conteste —le dijo a Joan—. La vuelvo a llamar dentro de diez minutos.

Así que nos hemos convertido en una familia de gritones. Yo grito para advertir o para reñir y ellos gritan para llamarse. Los únicos momentos en que nadie está recibiendo gritos de alguien o llamando a gritos a alguien son los momentos en que estamos todos sentados a la mesa, durante las comidas.

Como resultado, nuestros hijos se muestran extremadamente silenciosos cuando no están en casa. Los amigos de Susan en la facultad, y los de Joannie y Mary, me cuentan que hablan en susurros, literalmente. Y en cuanto a David, que es quien ha soportado los gritos durante más tiempo, se ha vuelto tan silencioso que sus amigos se preguntan si está cumpliendo un voto o algo así.

Es, de eso estoy seguro, una especie de protesta contra los gritos y contra mí. Y me gustaría sumarme a ella. Llegará el día, espero, en que mis hijos, ya completamente adultos, les dirán a sus niños o a esos futuros esposos o esposas que aún no conocemos que «papá [refiriéndose a mí] últimamente nunca levanta la voz». Eso espero. Deseo que así sea. Pero si pienso en las hogueras, en las piscinas, en las excursiones, y si sumo mentalmente todas las llamadas telefónicas que casualmente me ha tocado responder a mí, creo ese día no me cabrá duda –aunque ellos no piensen lo mismo– de que si mis hijos sobreviven, crecen, se casan y tienen sus propios hijos, será en parte porque papá tenía un buen par de pulmones.

La regla de mi madre

Todos los veranos, desde que David aprendió a leer, he preparado listas de libros infantiles para leer durante las vacaciones. En conjunto, mis esfuerzos no han dado grandes frutos, pero sigo haciéndolo por la fuerza de la costumbre, movido más por la esperanza que por la confianza. Algunos de los niños leen algunos de los libros, pero el hecho de que haya una lista oficial convierte lo que podría haber sido divertido en una tarea evitable.

Es mejor idea, creo yo, salir a comprar montones de libros –todos los clásicos de la literatura infantil–, dejarlos en un estante y no decir nada. No decir que están en ese estante, ni alardear de haberlos comprado. No decir nada.

Y más tarde –pongamos un año más tarde o por ahí– le doy un trabajito a Tommy, por ejemplo cortar el césped, y si dice que no puede hacerlo él solo, le respondo: «Tom Sawyer era capaz de pintar una valla él solito». Y, por la mirada de Tommy, sé que ha leído el libro.

O si Elizabeth, que aún es demasiado pequeña para conducir, dice que quiere conducir, le respondo: «¿Te acuerdas de lo que le pasó a Sapo en *El viento entre los sauces*?». Elizabeth se echa reír y sé que lo sabe. Y me siento orgulloso.

Pero si hay algún libro que consideráis que vuestro hijo debe leer, porque es absolutamente fundamental para su educación y su desarrollo, lo mejor es seguir la regla de mi madre.

«A mí me estropearon todos los clásicos y todos los libros "buenos" –escribió mi madre a los setenta y siete años–. A día de hoy, aún tengo que obligarme a leer, ya no *Guerra y paz*, sino cualquier cosa que hable sobre *Guerra y paz*. Imponemos los libros "buenos" a los jóvenes desobedeciendo nuestra convicción de que el objetivo de los jóvenes es, precisamente, desobedecer. Por lo tanto, el aprendizaje debe ser algo secreto e ilegal. Si de verdad quieres que un niño lea algo, solo existe una forma de conseguirlo: esconderlo».

Mi madre insistía en que nadie había probado jamás su regla. Pero yo sí. Y funciona. Escondo los libros «buenos» o los dejo en los estantes más altos.

—Esos libros de ahí arriba son muy personales —digo, mientras lo hago—. Espero que no los toquéis.

Es una forma segura de conseguir que un niño lea lo que queremos que lea, desde la *Ilíada* hasta la Biblia.

Y lo contrario también funciona. ¿Hay algún libro que no queráis que vuestros hijos lean? ¿Tenéis algún libro «picante»? ¿*El amante de Lady Chatterley*? ¿*Justine*? ¿*Memorias del condado de Hecate*? No los dejéis en un estante alto, ni en un lugar apartado ni advirtáis a los niños de que no deben leerlos. Si les decís que no los lean, los leerán.

La regla de mi madre funciona también con otras cosas, además de los libros. Funcionó, por ejemplo, en el caso de la visita que nos hizo Mollie Parnis, la diseñadora neoyorquina de moda. El generoso detalle que Mollie había tenido con mis hijas me incomodaba mucho hasta que se me ocurrió aplicar la regla de mi madre.

Mollie Parnis vino a pasar un fin de semana con nosotros, durante una primavera de no hace mucho, y ese hecho en sí mismo ya me pareció un tanto desconcertante. Dado que es una de las más célebres y exitosas diseñadoras de moda en todo el mundo, está acostumbrada a lujos y comodidades que yo no puedo ofrecerle.

Pero es una mujer tan cordial y afectuosa que no tendría que haberme preocupado en absoluto que pudiera sentirse incómoda en la habitación de invitados, de la que entraban y salían perros y gatos durante prácticamente toda la noche, como tampoco tendría que haberme inquietado la posibilidad de que su descanso se viera interrumpido el sábado a las siete de la mañana, cuando los chicos iniciaran un partido de béisbol bajo su ventana. Lo malo fueron los regalos que trajo a casa.

Mollie llegó en una limusina alquilada en el aeropuerto y nos contó que había tenido que contratar a un chófer para que la trajera «por culpa de las cajas». Las cajas contenían vestidos: uno para cada una de mis hijas, cinco en total. El chófer las dejó en el suelo y se convirtieron en una imponente montaña en la alfombra del pasillo.

Cuando las abrimos poco después, ya en el salón, me inquieté. Eran unos vestidos preciosos. Algunos eran sencillos, largos, discretos y ceñidos; otros eran cortos y desenfadados, con vuelo y lazos de color rosa. Sabía, además, que aquellos vestidos eran muy caros. ¿Trescientos dólares cada uno? ¿Quinientos? Lógicamente, no lo pregunté. Llegaría el momento, estaba seguro de ello, en que Mollie pensaría en lo que costaban aquellos vestidos.

Pero, por supuesto, no había escapatoria posible. Las chicas tenían que bajar y probárselos. Mollie había calculado las tallas con bastante acierto, pero cuando mis hijas entraron atropelladamente en el salón, vestidas con sus petos y sus botas, y oí a Mollie decir «No pasa nada: si se los quieren cambiar entre ellas, se pueden arreglar», se me cayó el alma a los pies.

Porque allí estaban las cinco, vestidas como he dicho con petos y botas, como si fueran a pescar, pero también –y yo lo sabía, pero Mollie no– como ellas querían vestirse, con la ropa que les gustaba y les parecía adecuada.

Debo decir en su honor que se lo tomaron bastante bien. Soltaron discretas exclamaciones al abrir las cajas y sacaron los vestidos, los contemplaron y la mayoría de ellas hasta se los probaron para ver si les iban bien. A mí me pareció que aquellos vestidos les sentaban de maravilla. De repente, tenían piernas –buenas piernas– y pechos –buenos pechos.

Pero ellas no pensaban que les sentaran de maravilla. Resultaba evidente que no lo pensaban. Cuando llegó el momento de probarse otro vestido, o el momento de que Mollie propusiera con más detalle algún que otro pequeño arreglo, las chicas ya habían empezado a escabullirse. De repente, Joan, Mollie y yo nos encontramos sentados entre montañas de papel, cajas medio vacías y vestidos doblados sobre el respaldo de las sillas, y nos sentimos solos.

Me deshice en muestras de agradecimiento, lo mismo que Joan. También es cierto que todas mis hijas le habían dado las gracias, pero en cierto modo, supe que Mollie lo había entendido y que sin duda estaba decepcionada. Pasamos un agradable fin de semana. Tommy no organizó ningún partido de béisbol bajo la ventana de Mollie y las chicas fueron a bañarse a un lago que conocían en Virginia pero volvieron a casa a la hora de cenar y se mostraron muy simpáticas en la mesa. Sin embargo, no se habló más de los vestidos.

Hasta que Mollie se marchó. Y entonces le hice una pregunta a Nancy, que casualmente estaba allí, y se la hice de forma muy clara.

—¿Por qué no podéis poneros ninguno de los vestidos que la señorita Parnis os ha traído? —le pregunté.

Nancy me miró con una mirada que decía «eso es muy íntimo» y luego arqueó las cejas. Y lo comprendí. Y entonces, como si quisiera ahorrarme el mal trago, Nancy dijo:

—Algunas chicas se los pondrían, papá, no sé, las chicas que se ponen los vestidos de su madre y eso. Pero ha sido un detalle muy bonito.

De modo que los vestidos de Mollie Parnis acabaron guardados en el desván, en lo que nosotros llamamos la habitación enorme: una habitación llena de antiguos vestidos y zapatos de Joan y, con diferencia, la que tiene los muebles más caros de toda la casa. Y yo me esforcé, con relativo éxito, por alejar aquel fracaso de mi mente.

Hasta un día del verano pasado en que se me ocurrió poner en práctica la regla de mi madre.

Como creo que ya he dejado bastante claro, todas mis hijas visten vaqueros, petos o pantalones viejos, y los visten en cualquier ocasión. Aunque creo que no he mencionado la excepción: visten esa clase de ropa en cualquier ocasión, excepto cuando se supone que deberían vestirse así, por ejemplo en los bailes de música folclórica.

Cuando se celebra un baile de ese tipo –por aquí los llamamos bailes de granero– se van al armario de su madre, en nuestro dormitorio, y le cogen los vestidos más caros. Suelen demostrar una preferencia especial por los que acaban de volver de la tintorería y aún están envueltos en celofán, a la espera de que Joan desee volver a ponérselos.

En parte porque Joan se pasa todo el día trabajando en el despacho, cuando salimos a cenar nunca está preparada a la hora. Yo me quedo abajo y le digo, primero con calma y luego, a medida que van transcurriendo periodos de cinco minutos en mi reloj, más y más irritado:

–¿Bajas, Joan?

Y ella me responde.

–Sí, ahora mismo bajo, dame un minuto.

A veces, Joan altera esa rutina. A veces aparece en persona en lo alto de la escalera, sin vestido, y dice:

–¿A que no sabes qué han hecho? Tenía mi vestido blanco limpio y listo, y cuando me lo pongo resulta que tiene una mancha y que el cuello está rozado. –Y luego, añade–: Estoy tan rabiosa que me va a dar algo.

Joan nunca dice palabrotas, nunca toma el nombre de Dios en vano, siempre controla sus emociones. Pero cuando dice que está «rabiosa» significa que está a punto de subirse por las paredes, y Joan casi nunca está rabiosa, excepto cuando una de las chicas le roba un vestido.

Un día del verano pasado, cuando Joan estaba fuera, me enteré de que se iba a celebrar un baile de granero. Se lo oí decir a Susan. Dijo que lo había organizado su amiga Mary Adams y que iban a ir todas: Susan, Nancy, Joannie, Mary y hasta Elizabeth. No dijo nada sobre la ropa, pero yo sabía lo que iba a ocurrir.

Y también sabía que no podía hacer nada para evitarlo. Si les decía «Espero que no le cojáis vestidos a vuestra madre», ellas me contestarían que Joan les había dado permiso. O que se pondrían algún vestido viejo de los que guardábamos en la habitación enorme. Pero ese plan solía torcerse: el vestido viejo no le sentaría bien a quien fuera que iba a ponérselo, o tendría un «descosido enorme», cosa que la interesada descubriría en el último minuto, por lo que no le quedaría más opción que ir al dormitorio a coger uno de los vestidos nuevos de su madre.

Ya lo había vivido antes. Sabía perfectamente lo que iba a pasar. Y entonces me acordé de los vestidos de Mollie Parnis y me pregunté si conseguiría encontrarlos.

Hacía un calor asfixiante en la habitación enorme y los vestidos colgaban pegados unos a otros, separados de vez en cuando por algún traje de niño que Tommy, Nicholas o David debían de haberse puesto en una o dos ocasiones, o tal vez nunca.

Pero encontré los que me pareció que eran los vestidos de Mollie Parnis, o algunos de ellos al menos. La mañana después de haber hablado con Susan, los bajé y los colgué en el armario de Joan: no todos juntos, sino disimulados entre las demás prendas.

Yo no estaba en casa cuando las chicas se marcharon al baile de granero y ya llevaba rato durmiendo cuando volvieron a casa. Pero dos adultos a los que vi más tarde, aquella misma semana, dijeron de mis hijas que estaban «despampanantes» y al día siguiente por la mañana, domingo, Joannie me dijo:

—Papá, cuatro personas me dijeron que estaba guapísima.

—Felicidades —le dije—. ¿Qué vestido llevabas?

—Uno de mamá —respondió ella.

—¿Cuál? —le pregunté, en un tono de fingida desaprobación. Desvié la mirada del periódico que estaba leyendo en la cama—. Enséñamelo.

El armario de Joan está justo enfrente de la cama y estaba abierto, por lo que se veían todos sus vestidos. Por lo tanto, no tuve que hacer grandes esfuerzos para ver el vestido que Joannie estaba señalando.

—Es bonito, ¿verdad? —preguntó.

—Sí —respondí—. Es muy bonito, pero no tendrías que habértelo puesto.

No veía el momento de que saliera de la habitación para levantarme de la cama y acercarme a mirar la etiqueta. La regla de mi madre había vuelto a funcionar.

Sin embargo, no hay que forzar la regla de mi madre hasta el punto de esperar que todos los libros que dicha regla anime a leer vayan a ser del agrado del niño. Pienso ahora, por ejemplo, en *A Treasury of the Familiar*, un libro que me encanta porque contiene muchas de las historias que yo leía de pequeño, ninguna de las cuales leen mis hijos.

Cierto que «La cabalgata de Paul Revere» no es un gran poema, ni tampoco «Old Ironsides» ni «La última hoja». Cierto que Webster tenía un estilo recargado, que Tennyson era un imperialista y Longfellow un sentimental.

Pero tengo la sensación de que los niños deberían conocer esos discursos y poemas que sus padres, abuelos y bisabuelos se sabían de memoria. No han de gustarles necesariamente, pero sí deberían saber que existen. ¿Es sentimental por mi parte pensar que los niños quieran saber? Mis hijos me preguntan: «Papá, ¿quién era Oliver Wendell Holmes?» o «¿Quién era Ralph Greenleaf Whittier?». Se han topado con esos nombres en alguna historia social de Estados Unidos. Han leído a Yeats, Frost, Stevens, pero jamás han leído a Longfellow, Bryant, Coleridge o Wordsworth.

Mi amigo Stewart Alsop me regaló *A Treasury of the Familiar* poco antes de morir y lo tuve como lectura de cabecera durante varias semanas. Tras concluir que contenía historias que los niños deberían leer, cuando lo terminé lo dejé en el estante más alto de la habitación del fondo, tan alto que hasta yo tengo que usar una escalera para llegar. Estaba en el mismo estante y en el mismo sitio en el que, en otros tiempos, había intentado esconder *Justine*, del Marqués de Sade, después de haberlo encontrado en la mesita de noche de David. Joannie fue la primera en picar en el anzuelo de *A Treasury of the Familiar.* Una noche, cuando me disponía a acostarme, la encontré hojeando el libro mientras escuchaba discos.

—Ah —dije, fingiendo sorpresa—, ese es el libro que me regaló Stewart Alsop.

—Sí —dijo Joannie—, está lleno de tonterías. Mira, escucha esto: «*The mossy marbles rest / On the lips that he has pressed / In their bloom*»*.

Me sentí un tanto triste. Puede que tuviera razón. Puede, pensé, que todo lo que a mí me parecía romántico cuando era joven fuera una tontería. Aun así, no me desmoralicé. Por lo menos, Joannie ya no volvería a preguntar «Papá, ¿quién era Oliver Wendell Holmes?».

* El mármol cubierto de musgo descansa / en los labios que él besó / cuando estaban en la flor de la vida. (*N. de la t.*)

Nuestras reglas

He descubierto que ciertas reglas para vivir con ocho niños aguantan bien el paso del tiempo.

Regla n.º 1: nadie puede ir al lavabo. Me refiero, claro, a viajes en coche a lo largo y ancho del país, o a trayectos largos de fin de semana. Me refiero también a la hora de la cena y, sobre todo, a la hora de la cena en lugares públicos como restaurantes. Si un niño de entre cinco y diez años insiste en levantarse de la mesa para ir al lavabo, probablemente es porque se aburre, y puede que eso sea culpa mía. Vale la pena hacer al menos el esfuerzo de animarlo a establecer conversación y, una vez conseguido, es sorprendente lo rápido que se le olvida que quería ir al lavabo.

Si un niño de entre diez y pongamos quince años insiste en levantarse de la mesa para ir al lavabo, probablemente es para fumarse un cigarrillo. En nuestra familia, todo aquel que no haya cumplido los dieciséis tiene prohibido fumar. No digo que esa orden se respete a rajatabla, pero sigue en vigor.

Lógicamente, la regla del lavabo no debe aplicarse hasta el punto de resultar cruel o causar incomodidad, pero si se menciona con la suficiente frecuencia en los primeros años, se interioriza y raramente es necesario volver a mencionarla.

Regla n.º 2: todos comemos lo mismo. En casa, lógicamente, esa regla se ajusta muy poco a la realidad, pero cuando comemos fuera es muy necesaria. Y si no, que me lo diga quien intente ir a un restaurante Howard Johnson con ocho niños, cada uno de los cuales quiere un plato diferente y ninguno de los cuales acababa de decidir el postre ni el «refresco», como dicen las camareras del Howard Johnson.

Me inventé esa regla precisamente en un Howard Johnson, durante un viaje por el país. Era por la noche, temprano, y aún nos quedaba un buen trozo, me imagino que igual que a todos los que habían hecho un alto en el Howard Johnson. El restaurante estaba abarrotado, las camareras desbordadas y, al parecer, todo el mundo tenía prisa.

La carta, como de costumbre, estaba repleta de opciones y el hecho de que tuvieran menú infantil aún complicaba más las cosas. Habíamos pedido ocho platos principales distintos, seis sabores de helado distintos y, por si eso fuera poco, Tommy había decidido pasar del menú infantil al adulto, porque el menú infantil solo incluía helado de vainilla. Durante todo ese rato, me abstuve de hacer comentarios y creía que por fin nos habíamos decidido cuando la camarera, como si se hubiera acordado en ese momento, dijo:

—¿Qué aliño les traigo para la ensalada? ¿Roquefort, francés, mil islas o italiano?

—¿Qué lleva el italiano? —preguntó Susan.

Y en ese momento me inventé la regla.

Desde entonces, cada vez que entramos en un restaurante nos sentamos a la mesa, echamos un vistazo a la carta y debatimos brevemente. Escucho los distintos puntos de vista y luego saco a relucir la regla: comemos todos lo mismo y soy yo quien le dice a la camarera «Diez de esto».

Regla n.º 3: No se guardan tesoros. Es una regla que no me gusta nada y desearía no tener que aplicarla. Pero, a lo largo de los años, he visto a demasiados niños llorar o enfadarse porque sus hermanos o hermanas le han quitado un tesoro, así que he llegado a la conclusión de que, con ocho niños, no se pueden acaparar posesiones.

Eso no quiere decir que no puedan tener cosas de su propiedad: la bicicleta de Tommy es de Tommy, no le pertenece a Nicholas. El vestido de Susan es de Susan, no de Joannie. Pero la bicicleta es de Tommy o el vestido de Susan solo mientras el dueño lo use, el dueño pueda defenderlo o el dueño pueda quejarse si se lo cogen prestado. Lo que hemos aprendido a lo largo de los años es que las propiedades no se pueden acaparar, ni guardar ni esconder.

Dado que David es el mayor, también es el que más perjudicado se ha visto por este regla, y el que más perjudicado ha resultado antes de que se convirtiera en regla. Yo me indigné tanto como David cuando este descubrió, tras una ausencia de seis meses para irse a Venezuela, que habían desvalijado su habitación y le habían robado las pertenencias que en ella guardaba: sus libros estaban desperdigados por ahí y su navaja había desaparecido, lo mismo que su guante de béisbol y el balón «oficial de la NFL». Monté un número.

—¿Es que en esta casa no es posible guardar algo cuando alguien se va y esperar que siga ahí a la vuelta?

La respuesta a esa pregunta es «No, si ese alguien tiene siete hermanos y hermanas». Dado que las experiencias posteriores respaldaron aún más esa respuesta, fue necesario prever futuras sorpresas imponiendo la regla.

No sé si todo esto debería avergonzarme o si puede considerarse un tributo al pragmatismo. Los chicos no creen estarse robando unos a otros: si la bicicleta de Susan está en el sótano y ella está fuera y seguirá fuera y no puede usar su bicicleta, ¿por qué no puede cogerla Nancy?

Puede que otra forma de definir esa regla sea apelando al hecho de que, en una familia numerosa, toda propiedad está supeditada al interés común. Las cosas están para usarlas. Si tu hermano o hermana no lo usa, úsalo tú.

Regla n.º 4: Después te toca a ti. Joan y yo pronunciamos muy a menudo esas palabras, sobre todo como respuesta a la pregunta «¿Y yo qué?». Pero funciona en otras muchas situaciones. Se cumple a rajatabla, porque prácticamente se cumple sola, en ambas direcciones. No puedo comprar cuatro o cinco bicis nuevas en Navidad, así que compro solo una. «Después te toca a ti», le digo al hijo o hija que se ha quedado sin bici. Y no me cabe la menor duda de que me lo recordará.

Regla n.º 5: Ahora que hable Nicholas. Antes era con Tommy y antes con Elizabeth y antes con Susan y así sucesivamente. El más pequeño de una familia numerosa siempre tiene problemas para hacerse oír porque las demás voces son más poderosas y autoritarias.

Pero no necesariamente garantizan mejor la paz en la mesa. Nancy dijo una noche, a la hora de cenar, que en el caso de que Nelson Rockefeller se presentara a la presidencia, perdería por culpa de su trayectoria como gobernador de Nueva York.

—¿Attica? —aventuré, refiriéndome a la controversia aún vigente sobre el papel que había desempeñado Rockefeller en el motín de los prisioneros de la cárcel de Attica.

—No —respondió Nancy—. Quiero decir las leyes que aprobó sobre las penas por posesión de drogas. Son espantosas y no han hecho ningún bien.

Ese comentario suscitó un animado debate en la mesa y, cuando nos calmamos un poco, le pregunté a Nancy por qué creía que dichas leyes, incluso en el caso de que fueran tan perjudiciales como ella decía, podían hacer que el gobernador perdiera las elecciones.

—Porque los jóvenes no lo votarán —respondió.

Y, de repente, el debate se había vuelto generacional. Joan y yo manteníamos que el votante medio era de mediana edad; Nancy sostenía que se impondría el deseo casi unánime, por parte de los jóvenes de entre dieciocho y veintiún años, de castigar con su voto a Rockefeller. Eso y la creencia de que su causa era justa. La discusión no nos llevaba a ninguna parte y Nancy empezaba a enfadarse. Nuestros otros hijos se estaban poniendo de su parte y nos enfrentábamos a la clase de alboroto que suele producirse en nuestra mesa a la hora de cenar.

Así que dije:

—Ahora que hable Nicholas.

Todo el mundo guardó silencio. Nicholas tragó saliva y dijo:

—Pues...

Y después de apartarse el flequillo de los ojos, nos contó cómo enterraban los egipcios a sus reyes.

Nos describió los túneles del interior de las pirámides y las rutas de los saqueadores de tumbas, que siempre conseguían llegar hasta los tesoros, y concluyó su relato con una cautivadora descripción de los tesoros que encontraban los saqueadores.

Aquel día, en clase, Nicholas había estudiado los reyes egipcios y a mí su descripción me pareció fascinante e increíblemente serena. Así que ahora, cada vez que a la hora de la cena estalla una discusión que amenaza con poner a prueba nuestra paciencia o que promete acabar con alguien abandonando la mesa entre lágrimas, digo: «Ahora que hable Nicholas».

Regla n.º 6: Tómate una aspirina y échate un rato. Hace más de veinte años que aplicamos esta regla en nuestra familia. La inventó Joan. «Tómate una aspirina y échate un rato» es su remedio para cualquier enfermedad y se enorgullece del hecho de que, después de ocho hijos, aún no ha llegado el día en que tenga que comprar un termómetro.

Y, de hecho, nunca lo hemos necesitado. La única vez en nuestra familia en que pensábamos que alguien estaba enfermo de verdad, en realidad no lo estaba. Bueno, la verdad es que todos creímos en aquel momento que Joannie tenía apendicitis. Y seguimos creyéndolo durante muchos años. Pero un día, yo había ido a jugar a golf con el doctor Harvey y estábamos en el punto de salida del octavo hoyo, en el campo de golf de Oceanside. Es un hoyo bastante apartado, situado cerca de la maleza de varios campos abandonados, así que resulta un hoyo bastante práctico a la hora de las confidencias.

Stub y yo habíamos estado comparando su trabajo como médico con el mío como director de un periódico y, en un momento determinado, le pregunté si había cometido algún error garrafal en su carrera.

—Bueno, garrafal no —respondió Stub. Luego entornó los párpados, me observó de reojo y frunció los labios como suele hacer cuando se dispone a contar la cruda verdad—. Pero sí algunos errores menores —dijo—, como el apéndice de Joannie.

Recordé en aquel momento la noche de la apendicectomía de Joannie. Era una de las pocas ocasiones en las que la regla de Joan se nos había antojado cruel y poco maternal. Joannie se había pasado media noche despierta con un dolor en el abdomen, pero era demasiado pequeña para explicarnos qué clase de dolor era o situarlo con precisión. Stub había venido a verla, la había examinado y la había palpado con los dedos para determinar si sus gritos de dolor eran sinceros y si le permitían localizar el dolor. Y, por último, había emitido su diagnóstico: al hospital de inmediato.

—Le hice una incisión perfecta —dijo—. Y allí estaba el apéndice: observé a John [su colega] al otro lado de la mesa de operaciones y los dos dirigimos la mirada al cielo. Era el apéndice más sano que habíamos visto jamás.

Así que se lo extirparon y, por lo tanto, la pequeña Joannie jamás tendrá apendicitis. Pero la cuestión es que jamás la ha tenido. La regla, pues, sigue en vigor: en realidad no te pasa nada. Tómate una aspirina y échate un rato.

Los inconformistas

Al principio, estaba David, que se pasó buena parte de su infancia sujetando un palo corto con una cuerda atada a un extremo y fingiendo pescar, ya fuera debajo de la mesa del comedor, debajo del piano o de cualquier tejado que pudiera encontrar.

Al hacerse mayor, David se convirtió en una persona muy reservada, que lucía en público ese carácter reservado igual que los hombres de Nixon su patriotismo. La mata de pelo pelirrojo le creció mucho: hasta los hombros y luego por debajo de los hombros, hasta convertirse en un símbolo de privacidad que, a mi entender, exhibía esa privacidad del mismo modo que las minúsculas banderitas estadounidenses que lucían en el ojal los hombres de Nixon exhibían, a mi entender, su patriotismo. Sin embargo, nunca he podido convencer a David de que su pelo es una anomalía para su propósito y de que irrita y asusta a algunas personas.

Por ejemplo, al agente de policía que lo paró en la carretera después de verlo arrojar una colilla por la ventanilla del coche. O al sheriff de Freeburg, Misuri, que lo esperaba al salir de un restaurante para decirle:

—Mi trabajo, muchacho, consiste en escoltarte hasta el límite de nuestro término municipal. Aquí en Freeburg no nos gustan los tipos como tú.

Puede que el sheriff se sorprendiera al descubrir que el muchacho de la larga melena pelirroja tenía el permiso de conducir en regla y que no llevaba nada en los bolsillos que justificara una detención, pero al agente le bastó con el pelo. Y lo escoltó hasta el límite del término municipal. Puede que hubiera un tiempo en que David sí llevara algo en los bolsillos que justificara un arresto, pero esa es otra historia que pertenece al capítulo «La Liga Antibares y yo». David ya no lleva marihuana en los bolsillos.

Es rápido; es listo; es un experto en la pesca con mosca, buen jugador de fútbol, esquiador, pintor, poeta, leñador y obrero de la construcción. Ha leído todos los libros que mi madre me dio a mí para leer, desde Shakespeare hasta Ben Johnson, de Voltaire a Molière. Ha viajado a Creta, Afganistán y Venezuela. Habla francés y español con fluidez. Sin embargo, no ha recibido una educación formal. Se niega a ir a la universidad.

Se burla de mí, con mi traje gris, mi corbata de rayas y mi camisa planchada. Me gustaría conseguir que él también se conformara, pero cada vez que pienso en eso, me viene a la mente una imagen de los dos que hace que me avergüence.

Estamos en una playa, jugando a fútbol; mi equipo contra el equipo del doctor Harvey. A la izquierda, en lo alto del acantilado, está nuestra casa, una vivienda de madera gris cuyas muchas ventanas salpica el mar. A la derecha está el mar, cuyas olas rompen con violento estruendo. Cuando las olas llegan a la arena, tenemos que gritar para que los demás miembros del equipo oigan las indicaciones. Aquellos partidos de fútbol empezaban como juegos familiares en los que participaban Joan y los hijos pequeños —los míos y los del doctor Harvey—, pero también los niños del barrio, que los domingos por la tarde se dejaban caer por allí para jugar.

Pero se nos empezaron a ir de las manos; se convirtieron en algo más serio, y lo que importaba era ganar. Se empezaron a reclutar jugadores por todo el pueblo y hasta en el cercano Camp Pendleton. Un invierno, incluso participó un defensa ofensivo que dos temporadas atrás había jugado en Princeton, un extremo de Bowdoin y un *quarterback* de Seton Hall. El doctor Harvey y yo, sin embargo, seguimos formando parte del equipo y gracias a la relación que lo unía a mí, más que a su edad y su tamaño, también David, que por entonces tenía trece años.

No recuerdo cómo iba el marcador —cero a cero, supongo—, pero sí recuerdo que yo me había desmarcado a la izquierda y que me volví a contemplar el arco que trazaba el balón en el aire. Era un pase largo lanzado por el extremo ofensivo de Princeton y se dirigía hacia la esquina, cerca de una gran pila de afiladas rocas que marcaban una imaginaria línea de gol. Y allí estaba David, corriendo desmarcado. Tenía los brazos extendidos y se lanzó a por el balón cuando este inició el descenso. Lo atrapó. Y entonces, por difícil que resulte de creer, se le cayó.

—Dios —exclamé—, ¡no se te puede... no se te puede haber caído!

Es una exclamación que he retirado una y mil veces en los años que han transcurrido desde entonces. ¿Fue por el pelo largo, fue el clásico «ese es tu rollo, papá», fue el iconoclasta en ciernes...? ¿Fue el miedo al fracaso, un deseo de mantenerse apartado? ¿Y fue todo eso culpa mía?

Tal vez hubiera sucedido de todos modos, por naturaleza o porque eran otros tiempos. Y puede que me culpe demasiado a mí mismo. Pero sí debo culparme por la única consecuencia que sé que fue una consecuencia directa de mi comentario: que David no volvió a participar nunca en aquellos partidos de los domingos por la tarde.

Me preocupa la radicalización de mi hija Mary. Cuando se fue a la Universidad de California en Santa Bárbara era una muchacha dulce y confiada, de pelo rubio y grandes ojos; una joven elegante que conservaba de su infancia un rasgo singular y bastante atractivo que consiste en caminar de puntillas, como si se dispusiera a entrar en una habitación en la que duermen sus mejores amigos.

Volvió de la Universidad de California en Santa

Bárbara vestida con vaqueros y botas. Lucía una mirada dura, se había vuelto ruidosa, desaliñada y, sobre todo, estaba enfadada. Enfadada, me di cuenta enseguida, con Henry Kissinger. Casualmente, la noche en que Mary llegó a casa para pasar sus primeras vacaciones universitarias, su madre mencionó que Henry Kissinger venía a cenar.

Mary habló en un tono cargado de desdén y frunció los labios en un gesto sobreactuado, costumbre que a juzgar por lo que he podido ver desde entonces, es habitual en las personas de su edad que tratan de compensar con expresiones exageradas su inseguridad acerca de lo que dicen.

—¿Invitas a cenar a un asesino, mamá? A Henry Kissinger le gusta matar bebés.

Joan se quedó de piedra. Ella y Henry Kissinger eran amigos desde hacía mucho tiempo, concretamente desde una de las campañas presidenciales de Nelson Rockefeller, para el cual habían trabajado muy duro los dos.

—Henry Kissinger es un amigo —le dijo Joan a Mary, manteniendo la calma—. Es mi amigo. Y espero que te comportes como yo me comportaría si tú invitaras a uno de tus amigos a cenar.

—Algo que yo no haré jamás, mamá —le respondió Mary—, es invitar a un asesino a cenar.

Eso fue durante su primer año de universidad. Posteriormente, se produjeron disturbios en la Universidad de California en Santa Bárbara, durante los cuales se prendió fuego al edificio del Banco de América. Dos veces, si no recuerdo mal. El banco reconstruyó el edificio y los estudiantes aceptaron el reto y le prendieron fuego otra vez. En fin, que la siguiente vez que vi a Mary le pregunté por lo del banco.

—¿Viste cómo lo quemaban? —le pregunté, en el tono solidario que se usa para dirigirse a una joven inocente que, ya sea por casualidad o debido a las circunstancias, se ha visto obligada a presenciar un delito.

—Pues claro —me respondió Mary—. Yo estaba al otro de la calle, en la manifestación.

—Dios mío —exclamé—. No tendrías nada que ver, ¿verdad?

—Bueno —dijo ella—, yo no puse la bomba. Ni siquiera estoy segura de aprobarlo. Si piensas en que solo era un banco, bueno, el banco no le hacía daño a nadie. Pero si piensas en que el banco representa al sistema, entonces, claro está... —dijo, y se encogió de hombros.

Me quedé atónito. Tuve que hacer un gran esfuerzo para no empezar mi réplica con la frase «Ninguna hija mía...», así que me limité a decir:

—Quemar un edificio es delito. Quemar ese edificio fue un delito colectivo, que es el más peligroso porque también es el más contagioso.

O algo así. Recuerdo que le hablé despacio y escogí las palabras con mucho tacto. Pero recordaré la réplica de Mary durante muchos, muchos años.

—Teniendo en cuenta tu forma de entender la sociedad —dijo—, es lógico que pienses así.

No dije nada. ¿Qué podía decir? ¿O hacer? No se le puede dar un bofetón a una hija de diecinueve años. Además, si hubiera pegado a Mary, solo le habría ofrecido la prueba de brutal opresión que ella buscaba. ¿Sacarla de la universidad? Estudios. Un título universitario, o así me habían enseñado a creer a mí, era el objetivo más importante en la vida (aparte del de ganarse el pan, claro).

Entonces... ¿qué? Me parecía todo muy triste. Mary era antes un niña encantadora, pensé, que sacaba muy buenas notas entre los muros protectores de la Bishop's School. Y ahora, aunque sigue sacando muy buenas notas... un momento. ¿No había leído yo en alguna parte que algunos catedráticos y profesores auxiliares de la Universidad de California en Santa Bárbara también habían asaltado el banco y se habían manifestado en las calles? Buenas notas. Una persona no saca buenas notas si no cae bien a sus catedráticos y profesores auxiliares. ¿Acaso mi hija no era, en realidad, ninguna rebelde? ¿Y si era una conformista?

La miré de nuevo y creí estar viéndola como en realidad era, repitiendo las opiniones políticas de los recién doctorados que se habían convertido en sus profesores, muchos de los cuales –como Henry Kissinger había comentado durante una conversación– sufrían la llamada «culpa ocupacional» porque obtener el doctorado había evitado que los llamaran a filas. Mary vestía vaqueros holgados, camiseta vieja, botas. Llevaba lo reglamentario y pensaba lo reglamentario. Y, de repente, lo vi todo muy claro. Mary se estaba conformando, como antes me había conformado yo, como me conformaba ahora con mi traje gris, mis zapatos negros y mi corbata de rayas. «Lo que hay que hacer con Mary –me dije a mí mismo– es esperar».

Y sigo esperando.

Enfrentarse a la nueva moral

Lewis Mumford, historiador y crítico, me dijo cuando yo estudiaba en la universidad que durante trece siglos el código ético de la humanidad no había cambiado. Yo era muy orgulloso —o demasiado tímido— para preguntarle si en ese código ético de la humanidad se incluía la abstinencia en lo que a fornicación se refiere, pero intuyo que sí. Las principales obras éticas que conozco la prohíben. Y la Biblia, por ejemplo, habla más que airadamente del tema, especialmente en el Apocalipsis.

Pero el código de la humanidad debió de cambiar en algún momento desde que yo terminé la universidad y antes de que mi hija la empezara. No soy capaz de especificar el año: lo único que puedo decir es que ese cambio me resultó obvio en 1973, durante una conversación con el decano de la Universidad de Antioch en Yellow Springs, Ohio.

No fue una conversación satisfactoria.

—Mi hija —le dije al decano— es estudiante de primer año en su facultad y últimamente le han pasado dos cosas que la han disgustado mucho. La primera, que el otro día se quedó hasta tarde estudiando en la biblioteca de la facultad y, al llegar a su habitación, se encontró a su compañera de cuarto en la cama con... sí, eso mismo. Y la cama de su compañera solo está a un palmo de la suya, sabe, por lo que fue todo bastante incómodo. Así que mi hija tiene aquí un problema que yo creo que no debería tener.

»Y la segunda cosa es que el martes pasado fue a una reunión en uno de los clubes del campus. Llegó un pelín tarde, abrió la puerta y se encontró en una sala en penumbra con una chica desnuda tendida sobre una mesa, mientras las otras chicas la toqueteaban y le hacían fotografías con flash desde muy cerca. «Conoce tu propio cuerpo», ese era el tema de la reunión. Mi hija se disgustó mucho. Es más, se echó a llorar mientras me lo contaba.

Le dije al decano que no quería que Joannie, que por entonces contaba diecisiete años, supiera que lo había llamado, y también le dije que no había ido hasta allí exactamente para quejarme, sino más bien para contarle lo que ocurría y pedirle información.

—¿Cuál es la política de Antioch —le pregunté— en el tema de la moral?

El decano no contestó a mi pregunta en aquel preciso momento, sino que me dijo que necesitaba un poco de tiempo para investigar los asuntos que yo le había comentado y que después volvería a ponerse en contacto conmigo.

Cuando colgué, me preocupé un poco. ¿Y si mi llamada avergonzaba a Joannie? ¿Irían por ahí los decanos haciendo preguntas sobre su compañera de habitación, o cerrando los clubes del campus? ¿Etiquetarían a Joannie los demás estudiantes como mojigata o soplona?

Mis preocupaciones eran infundadas. Por lo que deduje a través de Joannie, el decano no hizo preguntas, ni incómodas ni de ninguna otra clase. Y tampoco volvió a llamarme jamás. Creo que pensó que el mojigato y el soplón era yo, aunque fue por esa época cuando en la Universidad de Antioch, en Yellow Springs, empezó una huelga de estudiantes que ocuparon el campus. Así que supongo que, sencillamente, el decano tenía cosas más importantes de las que ocuparse.

Es más, no pretendo estigmatizar el campus de Antioch, ni etiquetar dicha institución como más pecaminosa que otras universidades. Ahora que es posible fornicar con la tranquilidad de que las posibilidades de embarazo son mínimas o incluso inexistentes, las palabras del judío de Malta aportan una nota humorística. «Habéis cometido fornicación» no inspira muchos más remordimientos que «No mires el vino cuando rojea». Porque la moral tiende a aguzar el sentido común y el sentido común les dice a las chicas que, con la ayuda de la píldora, pueden acostarse impunemente con quien quieran.

Puede que esta libertad recién descubierta las haya convertido en personas asertivas, además de despertar la curiosidad por su propio cuerpo y sus órganos sexuales. Y tal vez eso explique los extraños rituales que Joannie presenció en aquella habitación en penumbra.

Otros decanos de otras facultades me han dicho que esta nueva moral les está dando muchos quebraderos de cabeza. Casualmente conozco al decano de Dartmouth, así que lo llamé para ver cómo se las arreglan en Dartmouth.

—Ya ni siquiera intentamos decirles a los alumnos que no pueden cohabitar —me dijo—. El problema viene cuando un compañero de habitación formula una queja oficial. En ese momento, se convierten en enemigos acérrimos, o lo harán en cuanto la otra parte se entere de la queja. Así que los separamos y los realojamos lo más lejos posible. Pero, en la mayoría de casos, confiamos en que los compañeros de habitación sepan llegar a un acuerdo en esta cuestión, como suelen hacer en otras muchas cuestiones.

Debo admitir que a mí eso no me parece suficiente. La moral está cambiando ante un descubrimiento científico y yo no tengo claro cuál va a ser esa nueva moral. ¿Les dirán los padres a sus hijos que no deberían tener relaciones sexuales a menos que estén enamorados? Y, mientras tanto, aún tenemos muchos jóvenes que alcanzaron la pubertad antes de que la ciencia hubiera hecho su trabajo o, por lo menos, antes de que ese trabajo fuera lo bastante conocido. Deben de ser muchísimos. Y a ellos se les enseñó que no debían mantener relaciones sexuales y punto. Joannie forma parte de esa generación. A sus ojos, lo que su compañera de habitación estaba haciendo era escandaloso. Al parecer, Joannie tiene que aprender a ser más tolerante y generosa.

Pero... ¿deben las universidades fallar a favor de ese nuevo código? Si fornicar ya no es una palabrota, si la castidad es un chiste, si lujuria ya no significa lo que significaba antes, ¿qué hay de la intimidad? ¿Y qué hay de las palabras que pronunció Thomas Jefferson, «un justo respeto al juicio de la humanidad»? Creo que los decanos de nuestras universidades han cedido con demasiada facilidad. Respeto, consideración, reflexión, generosidad, intimidad y tolerancia siguen siendo virtudes que vale la pena inculcar. Y cuando esas virtudes se ven arrolladas por la fuerza de la nueva moral sexual, la elegancia pierde su significado, creo yo, y los dormitorios universitarios se convierten en graneros.

Estoy convencido de que sueno muy anticuado. Un día, mi hijo David trajo a casa a una muchacha que se llamaba Alice y Joan y yo —que habíamos sido avisados de antemano— nos esforzamos mucho por prepararle a la invitada una habitación confortable. Se quedó unos cuantos días y me pareció una joven muy guapa y muy agradable. Cuando subieron los dos al coche de Alice para volver a la facultad de ella, le dije amablemente que esperaba que se hubiera sentido a gusto «allí arriba, en la habitación de la buhardilla».

—Ah, muchas gracias, señor Braden —respondió ella, con la misma amabilidad—. David y yo hemos estado muy a gusto, aunque la cama es un poco estrecha para dos.

—Da igual —le dije a Joan, después de cerrar la puerta y de intercambiar una mirada de mutuo horror—. La cuestión es que si quería intimidad, la ha tenido. Y de ese modo, hemos conservado el decoro.

Objetos transicionales

En la cubierta interior de un viejo libro de recortes que tenía cuando era niño, hay un tosco mapa dibujado con tinta roja (que sustituye a la sangre con la que los piratas firmaban sus órdenes en los libros que yo leía por entonces).

El mapa, supuestamente, revelaba la ubicación de las medallas de atletismo de mi padre, que yo había cogido del cajón de su cómoda para después guardarlas en una caja de puros y enterrarlas.

«Tres pasos desde el negundo –dice el mapa, para luego añadir–: Seis pasos hacia la tienda de comestibles».

¿Pasos en qué dirección, y de qué tamaño? Ay, tanto el mapa como las indicaciones eran inexactos, tal y como mi padre y yo descubrimos años más tarde, cuando reuní el valor, o me volví lo bastante maduro, para decirle qué destino habían seguido sus medallas de atletismo.

Excavamos por todas partes y no encontramos nada. El mapa era inservible, excepto para recordar lo que un niño es capaz de hacer con el objeto transicional de un adulto.

–Da igual –dijo mi padre–, no te preocupes.

Pero recuerdo que me contaba que una de las medallas la había ganado en Drake por el primer puesto en los relevos 4x100 y sospecho que yo lo privé de una especie de objeto transicional, de algo que racionalmente no debería importarle pero que, sin embargo, sí le importaba.

El objeto transicional de un adulto es importante. Supongamos que el ciudadano Kane hubiera conservado su Rosebud, aquel trineo que es pasto de las llamas a las puertas del almacén en la última escena de la película. Supongamos que lo hubiera trasladado de un armario a otro, de una casa a otra.

¿No se habría ahorrado toda una vida entera tratando de compensar esa pérdida?

Esa es mi teoría y, basándome en la psicología del ciudadano Kane, es una teoría perfectamente sensata. El único defecto que tiene es que, en la vida real, si un hombre siente la imperiosa necesidad de ir al armario para ver si su viejo trineo sigue allí —o cualquier otro símbolo que le aporte seguridad y fuerza en los momentos de soledad— tarde o temprano acaba descubriendo que sus hijos lo han cogido.

Consideremos mi propio símbolo. No sé por qué le tenía tanto cariño a mi revólver Smith and Wesson calibre 38. Jamás lo usaba. Y jamás aceptaba balas, porque sabía que un arma cargada en una casa llena de niños era una invitación a la tragedia. Y, sin embargo, allí estaba, en el cajón izquierdo de mi cómoda junto a mis pañuelos. Limpia, engrasada y, en fin, allí. Hasta que un día dejó de estar allí y, entonces, la eché de menos.

Y eso pese a que no estaba especialmente orgulloso de ninguno de los recuerdos asociados a aquel revólver. En una ocasión, le disparé con él a un oficial alemán que corría por la calle, y erré el tiro.

Y en otra ocasión, durante una nevada de diciembre en Italia, la utilicé de un modo que aún me resulta doloroso recordar. Llevábamos todo el día entre marchas y escaramuzas y, cuando oscureció, llegamos a una aldea. Los chicos de mi pelotón se entusiasmaron ante la idea de poder dormir bajo techo.

Pero, por algún motivo, el coronel, los comandantes y los capitanes se nos habían adelantado y todos estaban ya bajo techo, así que lo único que conseguí encontrar para mi pelotón fue una minúscula casa blanca, ocupada por una joven familia italiana.

Me pregunté por qué aquel joven padre, plantado en la puerta para tratar de impedirnos el paso, no estaba en el ejército. ¿Sería un desertor? ¿O tal vez estaba en casa de permiso –su esposa tenía un bebé de muy corta edad– cuando lo había sorprendido el desembarco de los aliados?

Llevaba unos sencillos pantalones oscuros y una camisa blanca y, bajo la mata de pelo negro, me pareció un joven apuesto. Pero en sus ojos oscuros centelleaba una mirada de odio y se mostraba firme en su decisión de no dejarnos entrar.

Así que saqué el revólver. Incluso ahora, algunas noches me viene a la mente la imagen de aquel hombre y aquella mujer avanzando pesadamente por la carretera nevada con su bebé envuelto en mantas, mientras dieciséis soldados entran en su casa. No es el mejor autorretrato a la hora de irse a dormir. «No seas tonto —me digo a mí mismo—, seguro que tenían amigos que podían acogerlos. Y total, al día siguiente ya habíamos dejado su casa. Eran muchas las familias que nos permitían quedarnos una noche y no se marchaban por la carretera. Así que deja ya de pensar en aquella familia desapareciendo entre la nieve». Pero no me gusta la imagen y, especialmente, no me gusta la imagen anterior, en la que aparezco yo junto a la puerta empuñando el revólver.

¿Por qué sigo hablando de ese estúpido revólver? Obviamente, debía de ser para mí un objeto transicional, un símbolo de estatus y también un símbolo de la época en la que aún no tenía esta gran familia. Me recuerda que, pese a todo, sigo adelante.

Perder algo —un peine, un calcetín, dinero, un cepillo, una corbata, una cuchilla de afeitar— nos resulta simplemente molesto. Y a veces, sobre todo a primera hora de la mañana, muy molesto. Imaginad a un hombre que se levanta, pensando alegremente en lo que tiene que hacer. Se dirige a la ducha y luego, desnudo ante el espejo, se embadurna la cara con espuma de afeitar, tantea el estante primero hacia la derecha y luego hacia la izquierda en busca de la cuchilla de afeitar, y resulta que no está allí.

En ese momento es cuando se siente más impotente. Lo han engañado, derrotado y embaucado. Ya al inicio de la carrera, los saboteadores le han puesto la zancadilla.

Y allí está el hombre, en el cuarto de baño, desnudo y con la cara embadurnada de espuma de afeitar. No puede salir al pasillo y ponerse a gritar «¿Quién me ha cogido la cuchilla de afeitar?» porque está desnudo y porque si se pone a gritar «¿Quién me ha cogido la cuchilla de afeitar?» desde el otro lado de la puerta cerrada del cuarto del baño, alguien dirá «Ya está gritando papá».

Y, por otro lado, está la espuma de afeitar. Si no hace algo enseguida, la espuma empezará a desintegrarse. De hecho, ya se está poniendo pegajosa.

Así que no le queda otro remedio que lavarse la cara, secársela, vestirse y salir a buscar la cuchilla de afeitar. Y cuando la encuentre, tendrá que volver a desvestirse parcialmente, o bien afeitarse con la camisa puesta. Y no hay nada tan susceptible de acabar en desastre como afeitarse con la camisa puesta.

—¿Quién me ha cogido la cuchilla de afeitar? —grito airadamente, mientras voy de una habitación a otra y las chicas huyen despavoridas delante de mí, por el pasillo.

En Navidad les compré cuchillas de afeitar. Siempre lo hago. Pero, tarde o temprano, alguna de las chicas acaba, inevitablemente, cogiendo la mía.

Como he dicho antes, es algo muy molesto. Pero perder el 38 fue algo mucho peor. Un día, de repente, estaba en el sitio de costumbre: pudo haber sido aquel mismo día, pero también podría ser que llevara semanas, o incluso meses, desaparecido. Uno puede subirse por las paredes si pierde su cuchilla de afeitar, pero perder un objeto transicional es una situación que exige solemnidad. Pregunté, con calma, por mi 38. Nadie sabía nada: sencillamente, había desaparecido.

Y, del mismo modo misterioso, perdí mi saco de dormir, que era otro vínculo con el pasado, aunque en este caso con un pasado más reciente. Había cargado con aquel saco por muchas pistas de montaña tanto en Colorado como en California y lo atesoraba en el sentido estricto del término: me gustaba saber que estaba ahí.

El saco de dormir desapareció algo más tarde que el revólver y yo me lamenté más ruidosa y abiertamente, quizá porque lamentarse por la pérdida de un objeto útil parecía más aceptable que lamentarse por un objeto que solo tenía valor sentimental.

Aunque, en la práctica, ambos objetos eran más o menos lo mismo. Habían transcurrido años desde la última vez que había usado el saco. De hecho, había sido en 1966, cuando los miembros del Departamento de Educación del estado de California, del cual yo era presidente, decidimos subir al monte Whitney como si fuera una especie de reto.

Habíamos estado hablando sobre los programas de educación física, y yo había dicho que me mantenía en forma porque todas las mañanas corría un par de kilómetros. Maxwell Rafferty, director de Enseñanza Pública, se mostró en desacuerdo conmigo, como era de esperar por parte de alguien que estaba al frente de un sistema que exigía que cada alumno del estado realizara una hora de educación física todos y cada uno de los días lectivos.

Insinué entonces que los nueve miembros del departamento, pese a no practicar ejercicio durante una hora al día, estaban en buena forma y que, para demostrarlo, subiríamos todos a la montaña más alta del estado.

Algunos de los miembros del departamento fueron lo bastante listos como para tener otras cosas que hacer el fin de semana elegido, pero yo me quedé atrapado en el reto porque se publicó en los periódicos y varios reporteros dijeron que querían acompañarnos.

Llegué al pie del monte Whitney muy tarde y tuve que caminar de noche para alcanzar al resto del grupo. Hacía frío y estaba agotado. Pero mi hijo David se había adelantado con los demás y, cuando llegué, me encontré con un colchón de aire preparado para mí y, sí, allí estaba mi saco de dormir. Al día siguiente, Billy Norris —vicepresidente del Departamento y compañero de excursiones— tuvo que recordarme que cargar con otro saco de dormir hasta los 3.000 metros de altitud y luego hinchar un colchón de aire era un gesto muy considerado y cariñoso para tratarse de un chaval de apenas catorce años.

En fin, que mi saco de dormir también había desaparecido y no había nada que hacer. Pese a ello, me lamenté y con ganas.

Y entonces, una noche de invierno, Joannie se puso de pie detrás de su silla y dijo que quería hacerle un regalo a su padre con la única condición de que este no hiciera preguntas acerca de la procedencia del regalo. Y yo dije «Claro», sin saber qué era lo que se proponía. En ese momento, Joannie cogió mi saco, que estaba debajo de su silla. Y entonces

David se puso en pie, pidió las mismas condiciones, y me entregó por encima de la mesa una pistola abollada y oxidada. Sin embargo, la reconocí: era mi 38.

Así que ambos objetos vuelven a estar en su sitio, la pistola en el cajón y el saco en el armario: ambos han empeorado un poco tras ciertas aventuras acerca de las cuales no he hecho preguntas, pero los dos siguen cumpliendo su función de objetos transicionales.

Me pregunto si, en algún invierno del futuro, recuperaré mi rifle del calibre 22, mi navaja suiza y, puestos a mencionar otra vez meros incordios, la parte de arriba de mi pijama azul.

El medio novio

A veces, cuando veo al medio novio de Nancy con las botas apoyadas en la mesa del comedor, el casco de la moto tirado en el suelo y ese semblante ligeramente hinchado contemplándome con una mirada cautelosa y, al mismo tiempo, vacía, me viene a la mente el paracaídas que me traje de Italia.

En Italia, el día de la victoria aliada amaneció muy caluroso y el calor nos atacó sin piedad mientras recogíamos nuestro equipo y formábamos junto a los camiones que debían transportarnos durante la primera etapa del viaje de vuelta a casa. Había una montaña enorme de paracaídas amontonados a un lado de la carretera, junto a otras pilas de material, que iban creciendo a medida que más y más soldados se iban desprendiendo de todo lo que ya no necesitaban.

Pero yo dudaba acerca de si dejar mi paracaídas en la pila o no. Un sargento que tenía la cara muy roja me ayudó a decidirme.

—¿Te lo vas a quedar? —le pregunté.

—Pues claro —me respondió—. Se lo daré a mi hija para que se haga el vestido de novia.

En la Segunda Guerra Mundial, los paracaídas eran de seda auténtica.

Así que el mío ha ido pasando de un sótano a otro desde entonces, convertido sin duda en un seductor símbolo de la clase de ceremonia nupcial que mis hijas elegirían.

No es difícil imaginar la escena: una preciosa tarde de junio; pantalones de franela gris y chaqueta blanca; un toldo; una copa de champán. Una versión modesta pero respetable de F. Scott Fitzgerald.

Y, sin embargo, puede que jamás sea así. Nancy es la única de mis hijas que se ha enamorado y yo no veo en su futuro ni la más mínima promesa de un posible uso para mi paracaídas.

A sus dieciocho años, es indiscutible que Nancy posee el clásico atractivo familiar: rubia, alta, con buenas piernas, buena figura, grandes ojos azules, rostro ovalado... A todo eso hay que sumarle una inteligencia por encima de la media —al menos, es la que mejores notas obtiene en esta familia— y una determinación tan educada como inquebrantable. Cuando Nancy tenía catorce años, mi amigo Jack Valenti me advirtió acerca de lo que me esperaba y la verdad es que he recordado muchas veces, y con nostalgia, su consejo.

—Tom —me dijo, con su ligero acento de Texas—, te voy a decir lo que yo haría si esa chica fuera mi hija. Me compraría una escopeta de las buenas y me apostaría junto a la entrada de la casa.

Me eché a reír. Uno puede echarse a reír cuando su hija solo tiene catorce años.

El medio novio de Nancy entró en mi vida hará unos dos años, después de haber entrado en la de Nancy como compañero de instituto. La primera vez que lo vi, llevaba un jersey rojo bastante sucio, pantalones y botas, y tenía los pies apoyados en la mesa. En aquella ocasión no me dirigió la palabra y son pocas las veces que me ha hablado desde entonces, cosa que he intentado excusar —sin demasiado éxito— basándome en el hecho de que es un muchacho tímido y vergonzoso.

Y sé que soy yo quien lo vuelve tímido y vergonzoso. No puedo evitarlo. No me gustan los chicos que apoyan las botas en las mesas de los demás; no me gustan los chicos que no se presentan. Ya sé que es algo pasado de moda, que los adolescentes son tímidos y que esa timidez se manifiesta a veces en forma de aparente ordinariez. Ya sé que ni el hábito ni los modales hacen al monje. Pero no puedo evitarlo: no me gustan los chicos que no parecen tener absolutamente nada que hacer, aparte de quedarse sentados en mi comedor o en mi cocina mirando a mi hija. Resumiendo, que desde el principio le cogí manía al medio novio de Nancy.

Y al pensar de nuevo en el símbolo del paracaídas y preguntarme cómo he podido meterme en este apuro con Nancy, debo admitir con sinceridad que casi toda la culpa es mía. Puesto que el medio novio de Nancy no me cae bien, solo he realizado algún que otro intento, y admito que no demasiado entusiasta, de conocerlo un poco más para ver si me cae mejor. Pensaba que acabaría por desaparecer, incluso sin la escopeta de Valenti. Cualquier psiquiatra me habría dicho que lo que estaba haciendo no era lo más adecuado: es casi seguro que un padre que desaprueba al medio novio de su hija y que deja clara esa desaprobación, acaba provocando una rebelión. Y, en este caso, eso fue exactamente lo que ocurrió.

Nancy escribió una nota para disculparse, explicarse, reafirmarse en su decisión, en su independencia y en el amor que sentía.

—Bueno, por lo menos la nota de Nancy es encantadora —dijo Joan.

«Chocante» la define mejor. O «exasperante», «atroz», «catastrófica».

Yo lo desaprobaba. Lo desaprobaba con todas mis fuerzas. Creo que el sexo implica asumir responsabilidad. Me acordé entonces del juez Ben B. Lindsey, que conmocionó al país entero durante los años veinte al proponer lo que él llamaba «matrimonio entre compañeros». Incluso él habría citado a la pareja en el juzgado y habría obtenido su autorización para un matrimonio de prueba. Él también sabía que el sexo implica asumir responsabilidades.

Pero a medida que ha ido pasando el tiempo y las cosas se han ido enfriando, he empezado a dudar. ¿Cuánto hace que el juez Lindsey propuso el matrimonio entre compañeros? Cincuenta años.

Eso fue hace una guerra; hace una píldora; hace una liberación. ¿Y qué responsabilidades, me pregunto, implica el sexo?

Los hijos, es la respuesta inmediata. Pero la respuesta a la pregunta es que no va a haber hijos. O no hace falta que los haya. Píldora.

El cuidado físico, entonces; un techo; una cama; comida. Pero Nancy tiene un techo, una cama y comida. Todo eso se lo doy yo. Y si yo decidiera dejar de compartir esas cosas con ella, Nancy tiene un trabajo ahora que ha terminado el instituto, y es un buen trabajo que le permitiría pagarse todas esas cosas. Liberación.

Bueno, me digo a mí mismo, entonces el sexo implica asumir responsabilidades en el matrimonio. O eso es lo que solíamos pensar. Pero Nancy no quiere casarse. Ni siquiera sé si ha decidido vivir con su medio novio. Para averiguarlo, dice que quiere irse con él a Alaska durante un mes o así. El matrimonio, en el vocabulario de Nancy, es solo un favor que tal vez quiera hacer a su padre o a su madre, pero solo después de haber vivido con su medio novio el tiempo suficiente para estar segura.

¿Acaso le falta razón a su punto de vista? Es una pregunta que me formulo a mí mismo. Y detesto formulármela, porque mi instinto me dice que debo considerar la conducta de Nancy tan «atroz» como para justificar que la eche de casa. Pero por mucho que deteste la pregunta, detesto aún más la respuesta. Porque la respuesta —y me digo a mí mismo «mantén la calma y responde a la pregunta»—, la respuesta es «no, claro que no le falta razón a su punto de vista».

Tuve ocasión de analizar más a fondo ese punto de vista el sábado, cuando Nancy estaba en cama con dolor de barriga. El medio novio se pasó todo el día —desafiándonos a mí y a mis poco acogedores modales— subiendo y bajando de puntillas la escalera para llevarle a Nancy tazas de té caliente. Al atardecer, yo mismo fui a la cocina para prepararme un café y me encontré al medio novio de pie junto a los fogones.

—¿No está lo bastante caliente? —le pregunté, disfrazando de inocencia mi incomodidad.

—Solo puede beber unos cuantos sorbitos cada vez —respondió él—. No quiero que se le enfríe.

«La devoción —me recordé a mí mismo— es una virtud que no requiere la aprobación del matrimonio». El medio novio quería a Nancy tanto como ella a él.

Y, sin embargo, debo decir que si prevalece el punto de vista de Nancy —y la observación me dice que cada vez son más quienes lo defienden—, temo por las viejas tradiciones. No me gustaría nada que desaparecieran. ¿Queda esperanza para las bodas, con o sin vestido de seda? Si la boda ya no es la consecuencia necesaria, ni siquiera la consecuencia especialmente deseable cuando dos personas toman la decisión de vivir juntas... ¿significa eso que quienes estén casados pasarán a ser convencionales? ¿Y cómo contabilizará la Oficina del Censo a las familias? El índice de matrimonios o divorcios ya no significará gran cosa.

Pero pienso en las cosas que a mí me parecían más importantes. Recuerdo exactamente dónde estaba yo y exactamente qué aspecto tenía Joan cuando la convencí para buscar una fecha de boda y recuerdo exactamente dónde estaba yo y exactamente qué aspecto tenía Joan cuando cambió de idea y tuve que convencerla otra vez.

Y una boda... ¿no es siempre, e independientemente de quién se case, algo precioso? ¿La esperanza, la generosidad, la ternura y la oportunidad de estar todos juntos? Es hermoso recordar las frases de los votos, recordar a los amigos, recordar el momento oficial de separarse de la familia. ¿Es que ninguna chica quiere ya conservar el recuerdo de su padre hecho un flan, incapaz de anudarse la corbata?

En cuanto al sexo, no estoy tan seguro. Dos personas inexpertas en su noche de bodas seguramente no conservarán un recuerdo agradable de ese momento aunque, visto desde la perspectiva más madura que aporta el tiempo, puede que llegue a resultarles divertido. Las bodas solían considerarse la aprobación de una madurez alcanzada de repente. Puede que la generación de Nancy tenga razón al asumir de forma tácita que era una estupidez, por parte de nuestra generación, asumir que la madurez llegaba de repente, la noche de bodas.

Así que no sé cómo sentirme respecto a Nancy, si triste, enfadado o solo resignado. Y aún no sé muy bien si estoy presenciando el despertar de una nueva época o, sencillamente, la desaparición, muy vívida y muy íntima, de los principios que tanto he valorado siempre.

En cuanto al paracaídas, estaba bromeando. Me da igual que nadie lo use. Por mí ya puede pudrirse en el sótano. Pero la otra noche estaba pensando en por qué Susan terminó yendo a Dartmouth. Yo fui a Dartmouth, formo parte del consejo de administración de dicha universidad. Una noche, cuando volví a casa después de una reunión del consejo, fui a la habitación de Susan y Joannie y les conté que el consejo había votado a favor de admitir chicas en

Dartmouth. Se había producido un largo debate y muchos de los miembros del consejo se habían opuesto ferozmente, pero yo había luchado con todas mis fuerzas por las chicas.

Y luego me alejé por el pasillo para irme a la cama. Por la mañana, Joannie me contó que después de marcharme yo, Susan había dicho:

—Bueno, pues tema resuelto. Tendré que ir a Dartmouth.

—¿Por qué? —le habría preguntado Joannie.

Y Susan le había respondido:

—Pobre papá. Alguien tendrá que ir, ¿no?

Bueno, a lo mejor tengo suerte y cuando Susan tenga su propio medio novio quiere usar el viejo paracaídas del sótano.

La Liga Antibares y yo

Cuando yo era pequeño y vivía en Dubuque, Iowa, una noche acompañé a mi madre y a mi abuela a escuchar una charla del reverendo Wayne B. Wheeler, de la Liga Antibares.

El reverendo Wheeler era un hombre alto, rubicundo y de pelo blanco, con una oratoria bastante anticuada. Vociferó ante los respetables ciudadanos reunidos en el sótano de la Primera Iglesia Congregacional y, después de vociferar, suplicó:

—Por el bien de los soldados muertos en el campo de batalla; por el bien de los niños no nacidos que nos tienden sus brazos celestiales, ¿estáis dispuestos, dispuestos de verdad, a dejar el bebercio?

Mi madre escribió una crónica de la reunión para el *American Mercury* de H. L. Mencken e informó de que el reverendo Wheeler le suplicó primero al organista de la Segunda Iglesia Baptista y luego al párroco de St. Johns.

«Induce —escribió mi madre— a los distintos grupos de la congregación a ponerse de pie y lo hace por una gran variedad de motivos. "A las damas de la Unión Cristiana de Mujeres por la Templanza porque son las madres de la Liga Antibares. Ah, qué gran historia podría escribirse sobre ellas"».

Mi madre creía que el reverendo Wheeler era muy gracioso, pero firmó su artículo con seudónimo. Habría sido muy cruel hacerle saber a la abuela que alguno de su retoños se burlaba de la Liga Antibares, casi tan cruel como hacerle saber que alguno de sus retoños tomaba una copa de vez en cuando, cosa que mi madre desde luego hacía.

Pienso en la relación entre mi madre y mi abuela en el tema de los tabús porque me parece un reflejo perfecto de la relación entre mis hijos y yo.

Mi abuela creía que el alcohol era una aberración. Mi madre no estaba de acuerdo. Yo creo que las drogas son una aberración. Mis hijos no están de acuerdo. «Generación va, y generación viene» no sirvió para advertirnos de que todo estaba a punto de venirse abajo.

Todo empezó de forma inocente. Una tarde del otoño de 1967 subí la escalera de casa y, al pasar por delante de la habitación de mi hijo, oí murmullos. Con la idea de intercambiar alguna que otra cortesía, llamé dos veces y entré. Me topé con una escena bastante impactante: sentados en el suelo formando un círculo, con las piernas dobladas bajo el cuerpo y dirigiéndome miradas que —pensé más tarde— expresaban sorpresa ante aquella intrusión, había un grupo de chicos, mi hijo entre ellos, absortos en lo que parecía una especie de ritual de adoración.

En el suelo, justo en el centro del círculo, había una vela alta. Y, también en el centro del círculo, una palmatoria con incienso. En dos mesas auxiliares, fuera del círculo, ardía más incienso.

—Pero... ¿se puede saber —pregunté— qué estáis haciendo?

Ah, la edad de la inocencia. Y pensar que hace apenas unos años fui capaz, al presenciar tal escena, de formular tal pregunta.

—Solo estamos quemando incienso, papá —respondió David.

Ahora me cuesta creer que en aquel momento, pese a que la respuesta no me resultó del todo satisfactoria, ni me puse a gritar ni acusé.

Ni tampoco entendí lo que ocurría. Un grupo de chavales de quince años absortos en un extraño rito... ¿qué era, una especie de rito iniciático para entrar en alguna sociedad secreta del barrio o del instituto? Recuerdo que, más o menos a esa misma edad, mis amigos y yo firmábamos pactos de amistad con la sangre que nos extraíamos del brazo.

Aquella noche, le comenté a Joan lo de la ceremonia.

—¿Qué crees que estaban haciendo?

Joan era tan inocente como yo.

Nuestro despertar no llegó hasta varios años más tarde. Y cuando llegó, fue muy brusco. Siempre intento ser yo quien responda a las llamadas que recibimos en plena noche, porque nunca son agradables y me parece que esa tarea es más para un padre que para una madre. Pero aquella llamada en particular fue más que desagradable.

—Papá —dijo David—. Estoy en el calabozo.

Intenté tranquilizarme y pedirle todos los detalles. Al final de la conversación, me había recuperado lo bastante como para decir algo alegre.

—Bueno, muchas personas han pasado una noche en el calabozo y han sobrevivido, así que tú también sobrevivirás. Arriba ese ánimo, me ocuparé del tema mañana por la mañana.

O algo así.

Pero fue un golpe, un golpe físico importante. Si alguien os dice que ha recibido una llamada de su hijo desde el calabozo y que no ha tardado semanas en recuperarse del susto, es que a ese alguien no le importa mucho su hijo.

Por otro lado, también me planteaba un dilema moral. A un padre le gusta considerarse protector de sus hijos y, al mismo tiempo, defensor de la rectitud. Un hijo que está en el calabozo por haber violado la ley plantea un problema de lealtades.

Una vez determinada la lealtad, hay que rascarse el bolsillo. David conducía un viejo Volkswagen por la carretera 101 en el condado de Orange, California. Iba con un amigo. Una de las luces traseras del Volkswagen estaba fundida, así que una patrulla de la policía de California los había parado. Tras registrarles los bolsillos e inspeccionar el suelo del coche, los agentes habían encontrado varios gramos de marihuana en el cenicero. El problema, nos explicó un amigo que trabajaba como abogado en Los Ángeles, era convencer al fiscal de que podía cumplir con su deber permitiendo que David se declarara culpable del delito por el cual lo habían parado, es decir, una luz trasera fundida. Mi amigo conocía a un buen abogado, pero nos iba a costar un buen pico: unos mil quinientos dólares.

Al volver la vista atrás, no estoy completamente seguro de haber hecho lo correcto, pues al hacerlo me sentí triste. Todo el dinero que David había ahorrado desde que era niño: la semanada, el aguinaldo, el premio por haber pescado el pez más grande en el bote de pesca de Oceanside... todo eso sumado ascendía a unos mil quinientos dólares. Lo saqué de la cuenta corriente de David y se lo envié al abogado.

¿Me equivoqué? En aquella época, me dije a mí mismo: «Tarde o temprano tendrá que crecer y la forma más rápida de ayudarlo a crecer es hacerle entender que tiene que responsabilizarse de sus propios errores». Pero... ¿tres meses en la cárcel? Aunque él pudiera soportarlo, yo no podía. Si alguna vez me sobran mil quinientos dólares, se los daré a David.

El abogado se ganó sus honorarios. A David lo condenaron a pasar tres fines de semana consecutivos en la cárcel del condado de Orange. Y a su amigo, que no tenía mil quinientos dólares, a cumplir toda la condena. David estaba avergonzado y enfadado, en parte porque había perdido sus mil quinientos dólares y en parte porque yo lo había arreglado todo para que recibiera un trato distinto.

Así que ese fue mi despertar. ¿Qué me enseñó? Lamento decir que me dejó con un conflicto de sentimientos. En primer lugar, creo que la experiencia probablemente convenció a los dos chicos de que era mejor echarle un vistazo al coche antes de salir a la carretera. Pero... ¿los convenció de que no fumaran marihuana? No más que el reverendo Wheeler o la decimoctava enmienda de la Constitución de Estados Unidos convencieron a mi madre para que «abandonara el bebercio».

Y, en segundo lugar, cuanto más me informaba acerca de los usos y costumbres de la marihuana, y de las leyes que la prohibían, más me convencía de que el castigo por infringir la ley es mucho peor que el delito en sí. Y no solo eso, sino que me parece justa la opinión predominante entre los jóvenes de que son víctimas de unas leyes injustas y de unos agentes de policía que aplican de manera arbitraria esas leyes injustas.

La marihuana se ha convertido en un símbolo generacional. En 1973, más de 300.000 estadounidenses fueron arrestados en algún momento por posesión de marihuana. Un ochenta y seis por ciento de ellos, según el FBI, tenían menos de veintiséis años.

—La única forma de librarnos de los melenudos del norte de la península —me dijo un jefe de policía de Michigan— es hacer correr la voz de que los vamos a seguir hasta que detectemos una infracción de tráfico y que cuando les encontremos la droga, darán con sus huesos en la cárcel.

Eso no es un programa para acabar con las drogas, sino un programa para acabar con los jóvenes y estoy en contra.

Lo que hemos hecho es crear una minoría de chivos expiatorios, integrada por chavales que llevan el pelo largo y conducen coches viejos. Son pocos los expertos que sostienen que un consumo moderado de marihuana sea más perjudicial para el organismo que un consumo moderado de alcohol o tabaco. Y, sin embargo, los sesenta millones de estadounidenses que fuman tabaco y los cien millones que consumen alcohol, pueden hacerlo con impunidad. En todos los estados de la nación, excepto Oregón, todo ciudadano al que se sorprenda con marihuana se arriesga a penas de cárcel.

Y de ahí mi ambivalencia. La experimenté con más fuerza el día en que algunos de mis hijos participaron en la Gran Moratoria de 1969. Se dijo que había sido, de largo, la concentración más multitudinaria en la historia de Estados Unidos, aunque las cámaras de televisión, intimidadas por Spiro Agnew –por difícil que resulte de creer hoy en día–, la ignoraron completamente. Los manifestantes eran en su mayoría jóvenes, unidos en una protesta generacional. Muchos de los que presenciaron la manifestación pueden dar fe de que la marihuana se convirtió en el símbolo de la protesta. El aire apestaba a marihuana, hasta el punto de que una gran nube, de olor hediondo y dulzón, flotaba sobre el Mall de Washington.

–La manifestación era como un río –me dijo Joannie– y cada uno de nosotros era como una gota en ese río. Tanta gente implicada... tenemos que provocar algún efecto.

Joannie había llevado una flor para un soldado fallecido y había caminado todo el día para arrojarla contra un muro. Vestía vaqueros con corazones rojos bordados a la altura de los tobillos, camisa azul y botas, y lucía una melena rizada demasiado larga. A mí Joannie me parecía un ser de una bondad infinita, una joven confiada y convencida, como la mayoría de los que formaban parte de su río.

Me acerqué a ver cómo fluía aquel río que, una vez terminada la manifestación, se extendía alrededor del monumento a Washington. Para entonces, las gotas del río de Joannie descansaban tendidas en mantas, fumando marihuana.

Y luego me dirigí al Departamento de Justicia, donde un reducido grupo de rebeldes trataban de plantar una bandera del Viet Cong en el edificio del fiscal general John Mitchell, y vi otro río, este de agentes de la policía de Washington que, atrincherados en sólida falange tras sus porras, avanzaban provistos de máscaras antigás.

Me pareció que estaba bastante claro cuál de los dos grupos era el más poderoso y, de nuevo, me preocupó mi ambivalencia. En un lado estaban mis hijos, con su pelo largo, sus vaqueros, sus botas y sus camisas azules, protestando contra las leyes e infringiéndolas fumando marihuana.

En el otro, estaban los agentes de policía con sus máscaras antigás. Y, tras ellos, la autoridad de la Casa Blanca que Nixon ocupaba.

Quienes frecuentaban la Casa Blanca eran tipos atractivos, de pelo corto, vestidos con traje azul, corbata de rayas, y con insignias en las solapas. Y no perdían el tiempo leyendo novelas de Herman Hesse, ni fumando maría ni manifestándose. Jeb

Stuart Magruder, Dwight Chapin, Bob Haldeman... ¿Cuándo empezarían mis hijos a parecerse a ellos y a comportarse como ellos?

Y si no empezaban enseguida a parecerse a ellos y a comportarse como ellos... ¿se convertirían algún día en personas de éxito, en adultos respetables e importantes como John Mitchell y Maurice Stans?

Los dos ríos no podían confluir. Joannie supo varios meses más tarde, durante la invasión de Camboya, que el propio Nixon se había acercado a hablar con los estudiantes en el monumento a Lincoln: se había escabullido en plena noche con esa intención, se había topado con un muchacho de la Universidad de Syracuse y le había preguntado por el equipo de fútbol utilizando el lenguaje propio de las crónicas deportivas: «¿Cómo van los Naranjas?».

Joannie se mostró incrédula:

—¿Estaba colocado o qué? —quiso saber.

Más tarde, lógicamente, comprendí mi error. Había confundido con virtud el estilo propio de la Casa Blanca: los trajes de ejecutivo, los cortes de pelo, la ausencia de drogas, las miradas directas y sinceras...

Mis hijos fumaban marihuana y no vestían exactamente según las normas de la Casa Blanca

Pero creían en su país tanto como los hombres de la Casa Blanca, y me parece justo decir que también eran más sinceros.

—En esta casa no podéis fumar marihuana porque va contra la ley —les digo a mis hijos.

Pero no soy un verdadero creyente: no soy capaz de suplicarles como el reverendo Wheeler me suplicó a mí. Y aunque mis hijos hayan respetado mis deseos y mis órdenes y no fumen marihuana en casa, no me sorprendería descubrir que de vez en cuando la fuman en algún otro sitio. En conjunto, me resulta bastante insatisfactorio. No me gusta no saber qué lugar ocupo.

Y echo la culpa de mi ambivalencia sobre la marihuana al hecho de no haber prestado toda mi atención a otros experimentos más peligrosos. Después de la detención de David, tendría que haberme convertido en un padre más vigilante, más suspicaz, más escarmentado por la experiencia. Pero no fue así. Por lo menos, hasta la fiesta de cumpleaños de Elizabeth.

Recuerdo muy bien la fiesta de cumpleaños de Elizabeth porque me pilló muy por sorpresa. De repente, la casa estaba llena de gente: había gente arriba, abajo, en la cocina y en el sótano. Jóvenes de catorce, quince, dieciséis años, de ambos sexos, bebiendo grandes cantidades de Coca-Cola y comportándose, al menos hasta donde yo podía ver, con absoluta normalidad. Lo malo es que eran muchos. Y cada vez que se abría la puerta, llegaban más.

Le hablé en tono brusco a Joan, que me respondió en el mismo tono brusco.

—No tenía ni idea de que teníais pensado invitar a todo el instituto —dije.

—Lo sabías perfectamente —me respondió ella—, porque te dije que Elizabeth quería invitar a toda su clase y estuviste de acuerdo.

Tomé buena nota mental de no volver a permitir que uno de mis hijos invitara «a toda la clase». Puede que a ellos les parezca democrático, pero ellos no conocen la diferencia entre democracia y gobierno de la muchedumbre. Y justo cuando estaba reflexionando sobre ese pequeño detalle, me di cuenta de que algunos de los miembros de la «clase» se estaban comportando de una forma extraña.

Me fijé mejor. Desde luego, se estaban comportando de forma extraña. O estaban borrachos, o parecían estarlo. Por ejemplo, el chico junto a la chimenea, el que hablaba muy despacio y arrastraba un poco las palabras. Iba tan borracho que se dormía. La clase de borrachera que uno recuerda de aquellas interminables fiestas nocturnas en las fraternidades de la universidad.

No había alcohol en la fiesta, de eso ya me había ocupado yo. Estaba todo a buen recaudo en el sótano. Entonces, ¿qué se me había escapado? Y, de repente, lo comprendí. Tan borracho que se dormía. Subí corriendo la escalera, entré en el cuarto de baño y me fui directo al armario de los medicamentos. Las pastillas para dormir habían desaparecido.

Revisé todo el contenido: botes de tetranosequé, de clorinosecuántos, pastillas contra las picaduras de bichos, píldoras para el resfriado...

—Joan —dije, tras bajar de nuevo la escalera—, ¿no teníamos pastillas para dormir en el armario de los medicamentos? Porque si las teníamos, ya no las tenemos.

Joan no estaba completamente segura. Pero estaba lo bastante segura. Y yo también. Una vez interrogados, los miembros «borrachos» de la clase aseguraron no saber nada. Llamé a los padres, organicé coches y conductores y los mandé a todos a casa. Nada en mi vida, ni antes ni después, me ha asustado tanto como aquella experiencia, pero también me humilló y me hizo tomar una decisión.

En nuestro armario de las medicinas ya no guardamos ninguna clase de pastillas. Ni penicilina. Ni las sobras de la última prescripción médica de la última vez que alguien se quejó de algo. Lo tiré todo aquella misma noche y ahora, cada vez que un miembro de la familia se recupera de la enfermedad —sea cual sea— que nos ha obligado a comprar pastillas, tiro las que puedan quedar en el bote.

¿Por qué, después del LSD, del *speed* y de todas las demás aberraciones que los coetáneos de David probaron y, a la larga, rechazaron... por qué les dio a los coetáneos de Elizabeth por probar las pastillas para dormir? Entre una cosa y otra tuvimos un breve respiro, una época en que las drogas no estaban de moda pero la marihuana sí. Y entonces, justo cuando empezábamos a bajar la guardia, resulta que los niños de quince años van por ahí hablando de «rojos».

Ya no experimento ambivalencia respecto al lugar que ocupo. He llegado hasta el fondo. Si hace falta, gritaré más alto de lo que el reverendo Wheeler me gritó a mí y me he vuelto no solo vigilante, sino duro. «Déjame ver qué llevas en los bolsillos» es una exigencia legítima en nuestro hogar y debe obedecerla todo el que no haya cumplido aún los dieciocho.

De hecho, me he vuelto tan suspicaz respecto a la posibilidad de que uno de mis hijos pueda traer pastillas a casa, o de que la última moda pasajera en el instituto resulte ser alguna otra droga asesina de la que aún no he oído hablar, que tiendo a ser bastante tolerante en lo que a otros males más comunes se refiere.

El alcohol, por ejemplo. Todos sabemos que el reverendo Wheeler en parte tenía razón: el alcohol puede ser una aberración. Pero también sabemos que algunos de nosotros hemos aprendido a controlarlo de manera que se convierta en un placer y vivimos con la esperanza de que nuestros hijos también aprendan.

—Nancy —me comentó Joan una noche de no hace mucho— ha vuelto esta tarde del trabajo, se ha ido directa al mueble-bar y se ha servido una buena copa de vino. Creo que deberías hablar con ella.

Una frase banal se me empezó a formar en los labios y, de repente, me di cuenta de que me apetecía pronunciarla en voz alta.

—Por una copa de vino —dije— no se va a morir.

Y lo dije con sinceridad.

Ni pobres ni ricos

En el escritorio, delante de mí mientras escribo estas líneas, tengo un fina tira de papel en cuya parte superior, en letras espaciadas y pensadas para llamar la atención, dice: «Notificación de fondos negativos». Debajo, escritas con ordenador, varias líneas en las que se especifican los detalles: «Número de cheques entregados, (1); Total de los cheques entregados (2,50); Total de saldo negativo (98,27)».

La tira de papel no estaba en mi escritorio cuando me he marchado esta mañana. Es más, ni siquiera es mía. El destinario debe de haberla dejado pulcramente apoyada en la cajita oriental que tengo sobre el escritorio. El destinatario es Mary Braden, mi hija mayor. Y ha hecho lo que, estoy seguro, ella considera su deber.

No hay ninguna nota adjunta, ni instrucciones ni disculpas. La tira de papel habla por sí misma. Dice, en primer lugar, «Papá, págalo, por favor». Pero también dice otras muchas cosas y, mientras la contemplo, evoco mentalmente una vida de descubiertos, préstamos y ocho hijos. Lo que me preocupa no son los noventa y ocho con veintisiete. Noventa y ocho con veintisiete es una suma que puedo pagar y, sin duda, cierto descuido por mi parte le ha concedido el derecho a Mary de recordarle a su padre, por citar las famosas palabras de Daniel Webster, que «recargue mi cuenta». Mary es una muchacha honesta y también ahorradora. Sin embargo, hay algo en ese recordatorio que me indica lo que mis hijos piensan de mí y, tal vez, lo que todos los hijos piensan de sus padres.

En un pagador de cheques, en eso me he convertido: un hombre alto, ya de cierta edad, a veces gruñón. Alguien que ya no es rápido en el fútbol, que da un poco de pena jugando a tenis y, finalmente, a quien ya no cuesta tanto adelantar y derrotar en la prueba de la milla. Pero, pese a esos defectos, tengo dinero.

—Papá, necesito cinco dólares.

—Papá, me han dado una nota en la universidad, te la dejo en tu mesa.

—Papá, ¿me das la semanada?

—Papá, Joannie y yo queremos ir al cine.

—Papá...

A veces me entran ganas de gritar y a veces lo hago. Y a veces me entran ganas de llorar, aunque no lo hago. Pero todas las veces me preocupo. Joan me dice «No te preocupes» y yo me preocupo.

Tengo una catarata en el ojo derecho. Hay que quitarla y cuando el médico me habla de ese tema, me quedo de piedra. Pensaba que lo de tener cataratas era algo que les ocurría a las personas de ochenta años.

—¿Por qué? —pregunto—. ¿Qué causa las cataratas?

El médico me explica entonces que hasta los niños pueden tener cataratas y que cualquiera que viva lo suficiente las tendrá tarde o temprano. Pero también admite que la mayoría de las personas que tienen cataratas son bastante más viejas que yo.

Me dice que la diabetes, o la tendencia a la diabetes, es una de las causas posibles. Le digo que yo jamás he tenido diabetes.

—Otra de las causas —me dice—, aparte del envejecimiento natural, es el estrés. ¿Sufres estrés?

—Sí —le respondo—. Necesito dinero.

¿Y por qué no? Lo que un padre de ocho hijos tiene que esforzarse por conseguir, lo único sin lo que no puede pasar, lo que no pueden sustituir ni el amor, ni el cariño, ni la paciencia, ni la atención, ni la generosidad, ni el interés, ni la capacidad de ayudar con los deberes de aritmética es, precisamente, el dinero. «Échate dinero en el bolsillo», le dijo Yago a Rodrigo en su famoso discurso. La primera vez que leí esa frase tenía quince años, pero supongo que deduje que lo que quería decir era «Ve a pedirle dinero a papá». Y mis hijos han deducido lo mismo.

Calculando así por encima, durante toda mi vida laboral —que empezó en el momento en que terminó la guerra, en 1945— he ganado un millón quinientos cincuenta mil dólares. Sale más o menos a una media de unos cincuenta mil dólares al año, así que debería estar orgulloso de mí mismo porque esa cantidad está por encima de la media de lo que suele ganarse en toda una vida. Según la Oficina del Censo, los ingresos medios de los ciudadanos estadounidenses desde los veintiún años hasta su muerte son de 347.859 dólares. Los ingresos de los que estudiaron cuatro años en la universidad, como yo, ascienden hasta los 580.000 dólares. Así que me ha ido bien, podría decirse que incluso muy bien.

Pero no es algo que me diga a mí mismo. Estoy sin blanca y casi siempre estoy sin blanca. Es más, no tengo nada de lo que presumir por ese millón y medio de dólares, excepto la casa en la que vivo, que aún no he terminado de pagar; un coche; y otros objetos como libros, ropa, muebles... Cosas de las que pueden presumir hasta los pobres. La diferencia es la siguiente: tengo ocho hijos. Y ahí, claro está, es donde ha ido a parar todo el dinero.

Primero, se iba todo en comida. Recuerdo cuando la cuenta del supermercado ascendía a 100 dólares mensuales, luego a 200 dólares y ahora quiero pensar que nos apañamos con 600 dólares, pero no es del todo verdad porque ahí no incluyo la cuenta de la leche, que va aparte y asciende a 100 dólares mensuales.

—Bebed agua —les digo una y otra vez a Tommy, Nicky y los amigos que traen a casa después del colegio—, que es muy buena para la salud.

Y Tommy levanta la vista desde la encimera de la cocina, donde está untando una gruesa capa de algo muy pegajoso sobre una rebanada de pan.

—Papá, ¿has intentando alguna vez comerte un bocadillo de gelatina y mantequilla de cacahuete con un buen vaso de agua?

Y entonces me digo a mí mismo: «Bueno, al menos ahorro en Coca-Cola», que prohibí en esta casa hace ya mucho tiempo, junto a otros refrescos como *ginger ale*, zarzaparrilla, Fresca y todos los sacacuartos que tanto gustan a los niños. Y si los prohibí no es porque esté en contra de esas bebidas en sí mismas, sino porque era imposible mantener ese ritmo. Si compraba una caja de Coca-Cola el sábado, desaparecía el mismo sábado. Alguien me observaba con una mirada de ligera sorpresa y me decía:

—¿Dónde compras la Coca-Cola, papá?

Y, cuando me volvía a mirar, la caja estaba vacía.

Así pues, trato de ignorar la cuenta de la leche. Mejor dicho, trato de olvidar que es mayor de lo que debería y me concentro en lo que gastamos en comida, que es más susceptible de variar. Aunque probablemente al alza. En ese sentido, sin embargo, hay algo que sí podemos hacer. Se me ocurrió en el verano de 1973, cuando las chuletas de cordero se vendían a 80 centavos la pieza. Recuerdo el precio porque estaba delante de la carnicería de un supermercado A&P cuando, de repente, el hombre que estaba a mi lado se volvió hacia mí y me observó con una mirada llameante que no tenía nada que envidiar al Viejo Marinero.

—Sesenta y ocho años —dijo, con una especie de lamento—. He vivido en este pueblo desde que era niño y en todo ese tiempo nunca había visto nada igual.

Empezó a despotricar contra la administración Nixon, la compra de grano por parte de Rusia, los intermediarios y los mercados de alimentos. Se dirigía exclusivamente a mí y fue subiendo tanto la voz que empezó a resultarme bochornoso, así que me aparté un poco y me concentré en algún punto entre los jabones y los utensilios de cocina. Y allí, perfectamente apilados en el estante inferior, vi algo en lo que llevaba muchos años sin pensar: paquetes y más paquetes de judías blancas secas.

Y entonces me vino a la mente una imagen olvidada mucho tiempo atrás: la cocina de mi abuela los jueves por la tarde, cuando iba a su casa a cortarle el césped. Y aquellas judías blancas en remojo en una olla enorme, para que estuvieran a punto para la cena del sábado. Si la abuela podía hacerlo, yo también.

Fue así como descubrí un arma menor contra la inflación, pero también encontré la aprobación que todo padre busca en sus hijas. Como grupo, si es que puede denominarse así a los padres, estos tienen dos objetivos primordiales. Primero, proveer: los padres disfrutan viendo comer a sus hijos. Segundo, la admiración de las hijas. Los hijos no son admiradores. Si después de la pubertad un hijo aún no se ha rebelado, su padre empieza a preguntarse por qué. Pero poner una conferencia para hablar con una hija y oírla decir «¿Es mi padre?» en un tono de alegre sorpresa... bueno, es la aspiración de todo padre.

Traer a casa un saco de judías secas satisface la necesidad de proveer, pero desde luego no provoca aplausos. Si seguís mis recomendaciones, llegaréis lejos.

Había dos recetas de judías al horno al estilo de Boston, una en el libro de recetas de nuestra cocina y la otra en la parte posterior del envoltorio de celofán. Una incluía cerveza negra, la otra salsa de tomate. Una incluía melaza, la otra jarabe de arce. Una recomendaba hervir las judías, la otra advertía que jamás se debía hacer tal cosa. Pero las dos recetas estaban de acuerdo en que había que dejar las judías en remojo durante una noche, hervirlas hasta que estuvieran blandas, añadir la salsa de tomate, la melaza o el jarabe de arce, mostaza y sal antes de hornearlas de seis a ocho horas a 120 grados.

El resultado fue una deliciosa comida para diez, y me costó menos de lo que hubiera pagado por dos chuletas de cordero. He repetido el experimento una vez por semana desde entonces, siempre con éxito. El hecho de que sea un receta de interés histórico (la bisabuela es un buen tema de conversación en cualquier familia), de que el proceso tarde un par de días, cosa que da pie a cierta inquietud y suspense (antes de hornearlas, las judías siempre tienen el aspecto de algo que ha salido mal), y de que el consumo de dicho plato pueda interpretarse como una estocada a la inflación y una venganza contra los responsables de tal inflación... bueno, todo eso ayuda a hacer que un padre se sienta valorado y, por otro lado, reduce un poco la cuenta del supermercado.

Ojalá conociera otros métodos igual de efectivos para reducir los gastos en cosas igual de importantes. La ropa, por ejemplo. Aunque en lo de la ropa hemos sido bastante afortunados. La única de la familia que gasta demasiado en ropa es Joan, pero se la paga de su propio sueldo.

Los niños, que se han criado en la playa, nunca se han preocupado demasiado de lo que se ponían encima, y lo que se ponían encima tampoco costaba mucho. Ninguno de ellos empezó a llevar zapatos hasta que nos mudamos de California a Maryland, e incluso entonces lo hicieron a regañadientes. La verdad es que me ahorré mucho dinero no protestando demasiado cuando iban descalzos. El cambio resultó más caro de lo esperado porque los más pequeños de la familia, que se habían acostumbrado a ir siempre descalzos, no hacían más que perder los zapatos en Maryland. Pero después del primer invierno, se acostumbraron al nuevo clima y los gastos descendieron de nuevo.

Y luego, cuando se convirtieron en adolescentes, adoptaron el uniforme de su generación: vaqueros y nada más que vaqueros. Yo protesté débilmente, sobre todo en lo que a las chicas respecta.

—Los vaqueros —les decía—, son aburridos. ¿Por qué no os ponéis un vestido?

Pero, en secreto, me decía a mí mismo que así ahorraba dinero. ¿Y si la moda de finales de los sesenta y principios de los setenta hubiera sido distinta? ¿Y si cinco chicas hubieran querido ponerse cinco vestidos? ¿Y si hubieran querido ponerse un vestido distinto cada día? Doy gracias a Dios por los vaqueros.

Pienso en otras ocasiones y en otros artículos que, a lo largo de los años, me han supuesto un formidable desembolso. Creo que he comprado suficientes bicicletas para equipar a un ejército entero y suficientes regalos de Navidad para convertir esa festividad en un chiste. Recuerdo una Navidad en California en que había tantos regalos debajo del árbol, alrededor del árbol y esparcidos por todos los rincones de la sala que hasta los niños acabaron hartos y, a mitad de la tradicional ceremonia de abrirlos, los más pequeños estaban tan agotados que empezaron a llorar. Recuerdo que Tommy dijo «No quiero abrir más regalos». Aquella fue la última Navidad de esas características. Joan y yo habíamos cometido un error y lo sabíamos. Y los niños también lo sabían, así que ya nunca volvimos a cometer ese error. Incluso hoy, siento repugnancia al pensar en aquel error.

Un padre puede hacer algo, aunque sea poco, para reducir los gastos de comida; si tiene suerte, puede que no gaste mucho en ropa; y puede eliminar gastos innecesarios en su familia. Pero hay un gasto del que, por lo que yo sé, no puede librarse de ninguna de las maneras. Y es el gasto más caro: el que lo impulsa a ahorrar, aunque sin éxito, y por el cual incluso considera la opción de robar. No hay forma de evitar ese gasto. Puede decir a sus hijos «No puedo pagarlo», pero no puede decirlo sin que lo asalte la certeza de que, sea lo que sea lo que ha hecho por sus hijos, no es bastante. Me refiero, claro, a la universidad: sin estudios universitarios, ningún hijo puede esperar ganar un buen sueldo en esta vida. La universidad no es esencial para el éxito. El éxito es hacer bien algo y saber, en el fondo de nuestro corazón, que lo hemos hecho bien. La universidad es una ayuda para alcanzar el éxito, pero es fundamental a la hora de ganar dinero.

Ojalá las cifras no demostraran hasta qué punto es cierta esa afirmación. En 1973, los ingresos medios anuales de los estadounidenses de veinticinco años o más eran de 10.943 dólares. Los que habían asistido a la universidad entre uno y tres años ganaban, de media, 12.515 dólares. Los que tenían un título universitario, 15.974 dólares. Y los que habían estudiado cinco años o más en la universidad y habían realizado cursos de posgrado, 18.555 dólares.

¿Es de mal gusto por mi parte querer dar a mis hijos la oportunidad de situarse por encima de los ingresos medios? Pues muy bien. Me sentiría culpable si no lo intentara. Así que todos los que están en edad de ir a la universidad, menos uno, van a la universidad, igual que el veinticinco por ciento de sus coetáneos. Para su padre, yo, es una sangría formidable, tanto que resulta casi indescriptible.

Y cada vez que uno de los chicos llega a la etapa universitaria, se hace más y más difícil compartir con ellos la infinita alegría que acompaña las cartas del departamento de admisiones.

«Papá, me han admitido». La voz suena como un repique de campanas. Pero, para mí, esas palabras suenan más bien a mal presentimiento. Podrían traducirse más o menos así: «Papá, el año que viene tendrás que conseguir cinco mil dólares más». O pongamos cuatro mil o tres mil. Las tasas universitarias no bajan de ahí y cada vez suben más. Como todo, por otro lado, solo que más rápido.

No creo que las universidades privadas estén prestando suficiente atención al hecho de que se están convirtiendo rápidamente en instituciones para los muy ricos o para los muy pobres. Muchas de ellas ni siquiera están dispuestas a admitirlo. Y las instituciones públicas van por el mismo camino. Las matrículas también están subiendo, aunque parten de una base más baja. Si siguen el ejemplo de las universidades privadas y las decisiones de los centros educativos, pronto quedarán fuera del alcance del grueso de los contribuyentes, es decir, la clase media estadounidense.

Los funcionarios de las universidades se defienden cuando se les acusa de estar dejando de lado a la clase media y se escudan en las becas universitarias. Me cuesta creer que ninguno de esos funcionarios haya solicitado una de esas becas. El día que lo hagan, lo que descubrirán es que el hijo de cualquiera que tenga unos ingresos medios anuales por encima de 15.000 dólares tiene muy difícil que le concedan una beca. Cualquiera que esté por encima de los 20.000 dólares ya puede irse olvidando de solicitarla. Ah, y si tenéis más de un hijo que queréis mandar a la universidad, se pueden hacer ciertos ajustes. Los funcionarios universitarios tienen que sumar los ingresos brutos anuales, hacer las deducciones pertinentes según el número de hijos en la familia, y luego decidir si el hijo en cuestión puede solicitar la ayuda universitaria o no.

Pongámonos en la situación de uno de esos funcionarios universitarios. Imaginemos que recibe una solicitud de una familia que ingresa menos de 10.000 dólares al año. Y otra solicitud de una familia que ingresa unos 30.000 dólares anuales. ¿A qué familia ayudaríais?

Mi solución ha sido siempre pedir dinero al seguro de vida, a los bancos, a los amigos... a todo el que podía pedirle dinero.

Y los chicos trabajan, igual que trabajaba yo cuando iba a la universidad. Pero cuando yo iba a la universidad, la matrícula anual era de unos cuatrocientos dólares. Hoy es de cuatro mil. Pagarse la carrera trabajando ya no es posible.

Y ojalá la matrícula, la habitación en la residencia y la comida fueran los únicos gastos. Mi hija Joannie no hace más que decir que sus compañeros de clase siempre le preguntan «¿Por qué no tienes dinero?».

La actitud de esos chicos no deja de ser realista. «Estás aquí —parecen estar diciendo—, y si estás aquí es que tienes dinero. Entonces, ¿por qué no puedes permitirte ir al cine?».

No hace mucho, fui a Dartmouth para una reunión del consejo de administración. Susan estaba en Dartmouth y Joannie llegó desde Bennington, universidad a la cual había solicitado el traslado después de sentirse incómoda con la moral en temas sexuales de Antioch. Desayunamos juntos durante dos días seguidos y, entre reunión y reunión, dimos largos paseos y nos divertimos. Estábamos todos a punto de marcharnos —Susan a sus clases, Joannie a coger el autobús para volver a Bennington y yo a coger el avión para volver a casa—, cuando las chicas mencionaron el dinero. Abrí la cartera y solo encontré un billete de cinco dólares y cuatro de uno. Así que cogí los cuatro billetes de un dólar y les di dos a cada una.

La cosa tuvo repercusiones. Mi amigo Charles McLane, que enseña política en Dartmouth, habló con mis hijas y durante la siguiente reunión del consejo de administración, habló también conmigo.

—Braden —me dijo—, creo que estás siendo un poco anticuado. Exaltas las virtudes de la autosuficiencia, pero te olvidas de la inflación. Cuando tú y yo estudiábamos en Dartmouth, un par de dólares era mucho dinero. Con tres dólares, nos comprábamos una caja entera de cervezas. Pero hoy en día, con ese dinero apenas llega para el cine.

Charley me explicó la realidad de las cosas.

—Creo que treinta y cinco dólares —me aconsejó— está bien como semanada.

No discutí con mi viejo amigo, al cual admiro muchísimo, porque sé que no creería la verdad. Y la verdad es que después de matrículas, habitaciones en las residencias universitarias, comida, libros y desplazamientos, no tengo treinta y cinco dólares para ninguno de mis hijos. Ya es una suerte que pueda darles dos dólares.

Una vida agradable

Nos criamos pensando que algún día tendremos una casa cómoda y tranquila, con espacio suficiente para alojar a los amigos y un jardín lo bastante grande para que jueguen los niños.

Y esperamos que los niños traigan a sus amigos, porque es satisfactorio pensar que tienen amigos, que están fuera jugando a béisbol o en el salón, sentados en el suelo, divirtiéndose con aquel juego que les regalasteis en Navidad.

¿Puede quedarse a dormir el amigo de Tommy? Claro que puede quedarse a dormir, si su madre le da permiso. Notamos una sensación de orgullo en el pecho. Ser el anfitrión, o ver a los hijos convertirse en anfitriones, es una satisfacción intensa y primordial. Es una vida agradable.

Y entonces, en algún momento —¿a los quince? ¿a los dieciséis? ¿a los diecisiete?—, ya no es tan agradable. La sensación de orgullo desaparece; la hospitalidad desaparece. Ya no sois anfitriones: os están utilizando, y lo mismo ocurre con vuestra hospitalidad, vuestro alcohol, vuestros muebles y vuestra reputación.

Ha caído todo en manos de una banda, formada por vuestros propios hijos, más esos otros chicos y chicas a cuyos padres conocéis, esos otros chicos y chicas a los que conocéis desde que eran pequeños y que, entonces, os parecían niños y niñas encantadores.

¿Y qué están haciendo ahora? Están sentados en vuestro salón, mirándose unos a otros, riéndose entre dientes de vez en cuando y esperando a que os vayáis.

Y cuando os vayáis, lo que harán será beberse vuestro alcohol y registrar el cuarto de baño para ver si os habéis dejado alguna que otra pastilla que se puedan tragar. O, como mínimo, saquearán la nevera y dejarán la cocina hecha un desastre, pondrán los pies sucios de barro en las sillas recién tapizadas; encenderán la chimenea sin preocuparse de si saltan chispas a la alfombra; introducirán la punta de un cuchillo en la cerradura de alguna puerta y la abrirán, solo para ver qué guardáis bajo llave; cogerán algún libro que les interese de vuestra estantería y no se molestarán en devolverlo; cogerán vuestro coche y saldrán a dar un vuelta, pero si abollan el parachoques dirán que no han sido ellos; dejarán vuestra casa hecha un desastre; y harán todo eso porque les molesta vuestra casa y vuestra hospitalidad y, sobre todo, les molestáis vosotros.

Me llevó bastante tiempo darme cuenta de que todo eso era verdad. No me lo podía creer. Cada vez que ocurría, me empeñaba en pensar que se debía a una situación anómala: que algún desconocido a quien nadie había invitado había perturbado una reunión de buenos amigos, de muchachos honrados, o de que se había producido algún incidente. Por ejemplo, que alguien por lo general educado había bebido demasiado alcohol y se había comportado de una forma tan vergonzosa que no me cabía la menor duda de que no volvería a repetirse.

Pero no es así. Hay un momento en la vida de todo hombre y mujer, entre la infancia y la madurez, entre la dependencia y la responsabilidad, entre el deseo y la capacidad de controlarlo, entre querer algo y decidir ganárselo, en que el ser humano —adulto en lo físico, pero infantil en lo emocional—, se convierte en un animal muy peligroso.

Como es lógico, ese animal gruñe a otros animales más grandes, más estables y pacíficos. Le molestan. Decir que lo hace «inconscientemente» es quizá decir demasiado. Me gusta pensar que es algo inconsciente porque la experiencia demuestra que al cabo de pocos años se produce un cambio y que ese cambio es total. Pero no estoy demasiado convencido de que sea inconsciente. Esa mirada que nos recibe cuando entramos en la habitación de un adolescente de diecisiete años es claramente hostil: quizá obedece a una sensación de peligro ante la posibilidad de que se descubra un secreto o se ponga en peligro un plan, o a los celos, ante la posibilidad de quedarse sin coche. Sea una cosa u otra, es una mirada claramente hostil.

Cuando descubrí que era cierto, probé con la camaradería. Probé a ofrecer una copa, a iniciar una conversación: sobre temas de actualidad, deportes, política, moda... Ayuda un poco pero, desde luego, no es ninguna póliza de seguros. Cuando a las tres de la madrugada no puedo dormir y bajo a la cocina en busca de un vaso de leche, me enfrento –pese a la camaradería– a una posibilidad clara de presenciar algún desastre. Y también a la posibilidad –¿por qué no me habré metido la llave en el bolsillo?– de que el coche haya desaparecido.

Durante los dos últimos años, me he dedicado a investigar a los que pertenecen a la banda de Nancy. Y he aprendido lo siguiente: primero, su hostilidad es tribal y generacional al mismo tiempo. No es individual. En el ejército, para referirnos a cierta clase de hombre, usábamos la expresión «daría hasta la camisa». Era el mayor elogio que se le podía hacer a alguien y significaba exactamente lo que decía: que, en caso de necesidad, ese hombre daría hasta su propia camisa.

Los miembros de la banda de Nancy, como he podido comprobar, darían hasta la camisa unos por otros, se protegen entre ellos, se intercambian favores y se ayudan en los momentos difíciles.

Tampoco creo que ninguno de los miembros de la banda de Nancy sienta una hostilidad individual hacia mí. La hostilidad la manifiestan como grupo. Por ejemplo, el amigo de Nancy, Phillip, es miembro de la banda y una amenaza para la paz y la propiedad. Un día del verano pasado, después de haberme enterado a través de Nancy de que a Phillip le interesaba el cine, mencioné una película reciente que me había gustado mucho: traté de hablarle de una crítica que había leído y con la que no estaba de acuerdo.

Fue un error, o eso pensé entonces. Porque me acerqué a Phillip mientras estaba sentado con los demás miembros de su banda en mi salón. En silencio, esperando a que me marchara. Como respuesta a mi acercamiento, murmuró algo tan ininteligible como definitivo. Y me marché, rechazado.

Pero durante las últimas vacaciones de Navidad, cuando la banda había vuelto a ocupar su guarida veraniega, Phillip se presentó una noche en casa, solo. Me buscó y, tímidamente, desviando la mirada mientras hablaba, me entregó «un libro sobre la película, he pensado que podría interesarle». Desapareció, casi sin concederme el tiempo necesario para recuperarme de la sorpresa y darle las gracias. La siguiente vez que lo vi, estaba de nuevo en el salón, rodeado de sus amigos y observándome con recelo.

Entonces, no soy yo. No soy yo, como persona, quien le molesta a Phillip. Le molesto en tanto que miembro de una generación determinada, en tanto que miembro de una banda más vieja, más grande, más próspera y más poderosa.

La conducta de Phillip apunta a una verdad que mitiga en parte la cruda verdad sobre ese periodo de tiempo, misteriosamente repartido, en que los niños son animales. La verdad es que los animales cambiarán y volverán a convertirse en seres humanos. Ya le está empezando a ocurrir al amigo de Nancy, Phillip. Y lo he visto antes en David, Mary, Susan y Joannie. Ocurre prácticamente de la noche a la mañana. Un día me hacen rechinar los dientes de noche (el dentista dice que rechinar los dientes de noche es algo bastante habitual en padres con hijos adolescentes) y al día siguiente reaparecen limpios, arreglados, responsables y peinados.

He pensado largo y tendido acerca de lo que provoca en un niño ese cambio de animal a ser humano y por qué ese cambio es tan rápido. He hablado del problema con personas que han tenido animales a su cargo: rectores de distintas universidades, por ejemplo, y Ethel Kennedy, que dirige una especie de granja de animales.

Ellos también han advertido el fenómeno, pero me han ofrecido consejos y explicaciones que o bien no demuestran nada, o bien son demasiado generales como para tener valor. Ethel dice que hay que hablar constantemente con los animales, tratar de entenderlos y desarrollar una confianza mutua. Eso es muy dulce... como Ethel. Pero sé que a ella no siempre le funciona, y a mí tampoco.

Yo tengo una teoría distinta. Creo que se trata del flujo de dinero. Así de simple. Lo que convierte, o al menos ayuda a convertir, a un animal en un ser humano es el flujo de dinero. Si pudiera volver atrás y empezar de cero, hay algunas cosas que cambiaría:

No le daría a David dinero para recorrer el mundo, aunque el dinero que le di no alcanzaba para recorrer mucho mundo.

No le daría una paga a Joannie aquel verano en que aparentemente no se duchaba nunca e iba por ahí con aquel muchacho de pelo larguísimo, tanto que todos nos preguntábamos si debajo de aquella melena había una cara.

No ingresaría dinero en la cuenta corriente de Mary el año en que estudiaba en la Universidad de California y se dedicaba a manifestarse contra el Banco de América.

He necesitado a cuatro de mis ocho hijos para aprender el secreto. Que es el siguiente: en cuanto se conviertan en animales, cortadles el flujo de dinero.

Pero cortadlo del todo. No tenéis dinero cuando os lo piden. No enviáis dinero a la universidad, ni al banco de la universidad. Pedís el cambio exacto en el caso de inevitables desviaciones de la norma, por ejemplo, «Papá, necesito dinero para ir a cortarme el pelo» o «Mamá me ha dicho que vaya a comprar al supermercado. ¿Me das dinero?». Pedid el tique del supermercado y comprobad que el cambio sea correcto. Cada dólar que podáis escatimarles hará que el cambio de animal a ser humano sea más rápido y efectivo.

Pero el consejo hay que tomárselo absolutamente al pie de la letra. No debéis engañaros pensando que un desembolso adecuado os ayudará a provocar el cambio, como yo me engañé a mí mismo, por ejemplo, con David.

En algún momento durante el verano después de haberse graduado en el instituto, David decidió que no quería ir a la universidad. Yo me llevé una decepción y le dije en varias ocasiones que no estaba de acuerdo. Le enumeré las razones por las que creía que la universidad era fundamental y le pregunté los motivos que lo habían impulsado a no querer ir.

—La universidad —respondió David— es tu rollo, papá.

Pero nunca me dijo cuál era su rollo y solo ahora, al volver la vista atrás, me doy cuenta de que lo que de verdad quería David era ser hippy. No uso el término en un sentido completamente despectivo. Entiendo las implicaciones políticas del rechazo a formar parte de una sociedad en aquellos tiempos movilizada para derrotar a unos pobres campesinos en Vietnam. Entiendo las implicaciones sociales de elegir la observación pasiva de esa sociedad en lugar de la participación activa en ella. Incluso estoy preparado para imaginar que puede haber algo hermoso en colocarse con maría, no tomarse la molestia de usar zapatos, dejarse crecer el pelo y, sencillamente, no preocuparse por nada.

Pero no entiendo las cuestiones económicas. Después de decidir que quería ser hippy, David volvió a casa del instituto, se puso unos vaqueros, se quitó los zapatos y se quedó sentado en casa. No necesitaba mucho dinero. De hecho, necesitaba tan poco que a mí ni siquiera me parecía que lo necesitara.

Me preocupaba más el hecho de que no hiciera nada y así fue como caí en la trampa de permitir que se convirtiera en un hippy de verdad, un hippy organizado que se aliaba con otros hippies. Dijo que le gustaría ir a ver mundo y yo, pensando que era mejor hacer algo que no hacer nada, recordando que hablaba dos lenguas extranjeras y así tal vez tuviera la oportunidad de practicarlas, y pensando también que ver monumentos antiguos, museos de arte y países desconocidos tal vez estimulara su deseo de estudiar, decidí darle el dinero.

Así que David se fue a dar la vuelta al mundo, con lo cual quiero decir —basándome en mi instinto infalible— que se fue directo a esas partes del mundo en las que otros adolescentes, chicos y chicas que van descalzos y llevan el pelo largo, se sientan a fumar marihuana, a observar y a compartir buenas vibraciones. No creo que llegara a ver ningún museo de arte, ni monumento antiguo. Eso habría sido más bien «mi rollo».

Tampoco es que diera toda la vuelta al mundo. Se quedó sin dinero y durante un tiempo trabajó en un viñedo de Francia. «Se las apañó» durante otra temporadita con una mujer que le doblaba la edad y que lo había recogido en la carretera. Pilló una neumonía y estuvo un tiempo ingresado en un hospital de Irán. Se aprendió los nombres y sentidos de las calles de Kabul. Se dedicó a comprar y vender alfombras sin demasiado éxito.

Envidié su experiencia. Pensé que yo nunca había vivido una experiencia similar y que para entonces ya era demasiado tarde: me había perdido lo mejor. Y, cuando David volvió a casa, me pregunté qué planes tendría.

No tardé mucho en descubrirlo. Volvió a casa vestido con unos pantalones de trabajo, franceses, unos pesados zapatos de trabajo y un turbante de seda que se enrollaba en torno a su larguísima e ingobernable mata de pelo rojo. Se puso cómodo en una de las habitaciones. Y se sentó.

Al rato, le dije:

—Pensaba que ibas a madurar.

—Quieres que madure como tú crees que hay que madurar —me respondió—. Yo he madurado como yo creo que hay que madurar.

Fue entonces cuando recurrí a la única arma que quedaba en mi arsenal. Fue entonces cuando le corté el flujo de dinero.

Bueno, supongo que podría haber empleado un arma más violenta. David tenía entonces veintiún años. Podría haberlo echado de casa, haberme negado a darle de comer. Y supongo que en la breve historia de la guerra entre hijos hippies y padres estrictos, alguien lo habrá hecho alguna vez. Pero debe de ser una experiencia terrible, equivalente a empañar los años que quedan por vivir, destruir la familia, el cariño y el orgullo compartido.

Mi método fue menos radical y no implicó confrontación alguna. Sencillamente, cuando David me pedía dinero, le decía que no tenía: no tenía dinero para cigarrillos, ni para gasolina, ni para cerveza, ni para ir al cine, ni para ir a esos sitios en los que un turbante de seda despierta admiración.

El resultado es que ahora David tiene trabajo. Se levanta a las seis de la mañana, trabaja mucho y cobra un buen sueldo. Tiene mejor aspecto. Y creo que también se siente mejor. Ha renunciado al turbante de seda y se recoge el pelo en una apretada cola baja, como Thomas Jefferson en sus retratos de juventud.

Me gustó tenerlo por aquí el último verano que pasó con nosotros. Y también a los amigos que trabajan con él en el sector de la construcción. A veces venían a casa los sábados por la noche y se sentaban en el salón a charlar y escuchar discos.

Me producía una agradable sensación. Esa es una vida agradable. Y entonces yo entraba en el salón y decía:

—Hola, chicos, ¿os apetece una cerveza?

El jardín del Edén

Como muchos de mis contemporáneos, me crie pensando que el rol sexual de los hombres era perseguir a las mujeres. Y estoy celoso de mis hijos, que saben más que yo.

Según el léxico de mi generación, a las chicas había que protegerlas. Las chicas debían tener su propia habitación, no debían llamar por teléfono a los chicos. En las residencias universitarias, los dormitorios de las chicas estaban celosamente custodiados por ancianas damas de busto generoso, ataviadas con grandes sombreros, y existían estrictas normas en cuanto a las visitas y las horas de entrada y salida.

Pero, lógicamente, el sexo implicaba anular las defensas, hacer que toda protección fracasara. Dicho de otro modo, el sexo era persecución y ataque. «Los chicos de Dartmouth llegan de nuevo a la ciudad: corred, chicas, corred», era el lema en mi primer año de universidad. En una sociedad masculina que, a excepción del deseo insatisfecho, se sentía bastante realizada, el término «chica» se convertía inconscientemente en un sinónimo de «víctima».

En el ejército ocurría lo mismo. Los hombres acudían a charlas sobre los peligros de la gonorrea y la sífilis y aceptaban utilizar las medidas profilácticas. Para el ataque, claro.

Yo tenía veintipocos años cuando aprendí que la persecución y el ataque no eran prerrogativa exclusiva del hombre y recuerdo muy bien dónde lo aprendí. Fue en el hotel Cavendish de Jermyn Street, en Londres. El Cavendish era un hotel en decadencia durante la Segunda Guerra Mundial, un lugar insulso y polvoriento, atendido por hoscos pensionistas, que conservaba en las habitaciones algún que otro recuerdo de un pasado fastuoso y rutilante. La célebre Rosa Lewis, amante de Eduardo VII y anfitriona de distinguidas familias británicas y acaudalados estadounidenses en el periodo de entreguerras, estaba en el salón principal, con los pies apoyados en un cojín y su perrita, Kippy, al lado. Rosa vestía al estilo de 1910: falda larga hasta los tobillos, de tela cara, y mucho encaje en el cuello. A ratos dormía y a ratos, cuando se despertaba para saludar al hijo de algún invitado de la Primera Guerra Mundial, aparecía un repentino brillo en sus pálidas mejillas de anciana y se le iluminaban por la emoción de un recuerdo recuperado durante el sueño. En esos momentos, le centelleaban los ojos azules.

—La desnudamos entera —canturreaba— y le embadurnamos el cuerpo con pasta de dientes. Bueno, tomemos una copita de champán.

A Rosa no le gustaban las «frescas», como ella llamaba a las muchachas vestidas sin demasiado estilo que cometían el error de entrar en su salón principal, invitadas por algún huésped que jamás sería perdonado.

—Frescas —decía—, aquí no quiero frescas.

Las muchachas soltaban una risita incómoda y se marchaban. Las estolas baratas que llevaban alrededor del cuello aleteaban cuando las jóvenes, fingiéndose ofendidas, daban media vuelta y se dirigían a las puertas de vaivén.

Pero ser una dama en el Cavendish... ah, sí, era el lugar ideal para desmelenarse. Y fue una dama quien me enseñó que la persecución también podía darse en el otro sentido.

La llamaré «la lady Ann», porque ese no era su nombre real y porque la palabra importante en el título que ostentaba era «la». Lady Jamison, por ejemplo, indicaría matrimonio con un lord, pero «la lady Ann» indicaba que por sus venas corría sangre noble.

Y, en este caso, vigorosa además de noble. La lady Ann me cogió de la mano (creo que la excusa era que le llevara su bolso a la habitación) y me sentó delante de una de aquellas chimeneas de gas, cuyas llamas eran azules, con las que contaba el Cavendish. Me dejó allí un momento, se retiró a otra estancia y, cuando la oí decir «quítate la ropa, por favor», levanté la mirada desde mi silla y, asombrado, descubrí que ella se había desnudado completamente.

La lady Ann era una joven muy atractiva, alta, delgada, con una melena oscura que le llegaba hasta los hombros, buenas piernas y un cuerpo proporcionado. Se quedó delante de mí, segura de sí misma, fuerte y nada avergonzada. Ojalá la memoria pudiera ofrecerme una imagen similar de mí mismo. Pero no, me asusté, me sentí incómodo, torpe y avergonzado. Me puse en pie, balbucí una disculpa y salí huyendo.

Incluso hoy, el recuerdo de ese episodio se me antoja triste y doloroso. El sentimiento de culpa de aquel momento y de la mañana siguiente, cuando nos encontramos casualmente en el vestíbulo del Cavendish, el cuestionamiento no solo de mi propia virilidad, sino de mi propia moral... ¿Quién me había enseñado a mí que era el hombre el que debía atacar? ¿Quién me había dicho que no era propio de los hombres recibir proposiciones, ni propio de las mujeres hacerlas?

¿Lo había aprendido de las novelas que había leído? ¿Hemingway, Dreiser, Lewis? ¿De mis cuatro años de universidad, rodeado de personas que decían «ya verás cuando vaya a Northampton»? ¿De mi hermana, que tenía «su propia» habitación? ¿De todas aquellas ridículas cortesías, como ceder el paso a las mujeres, dejarlas salir antes del ascensor u ofrecerles el asiento en el autobús? (Esto último sigo haciéndolo, porque mi madre me enseñó que era lo correcto.) ¿De todas las veces que, a lo largo de los años, había bajado del coche y lo había rodeado para abrirle la puerta a una chica que, desde luego, no se habría herniado de haberlo hecho ella misma?

No conozco las respuestas, pero sí sé que mis hijos nunca tendrán que hacerse esas preguntas. Susan, por ejemplo, que está colada por un chico llamado Mark. Susan es excursionista, mochilera y buena jugadora de tenis, excelente paradora en corto en béisbol y pasadora zurda en fútbol. Mi amigo Eddie Williams, dueño de los Washington Redskins, dice que es una pasadora zurda muy buena. En realidad, lo que dice cuando ve a Susan lanzar un pase es «¡Madre mía!».

Pero la relación de Susan con Mark es de igualdad. No sé si se acuestan juntos. Puede que sí, son muy buenos amigos. Pero si ese es el caso, estoy seguro de que Mark no ataca. Atacar está pasado de moda, igual que las coristas, el estriptís, las pantallas de lámpara de color rosa y terminar la universidad.

O Mary, a quien vi el otro día nadando desnuda en la piscina con dos amigos, chicos los dos y también desnudos. Yo jamás habría hecho algo así. La timidez me habría abrumado. De hecho, me sentí abrumado solo de ver a Mary.

Tommy dijo:

—Caray con Mary... sin bragas.

—¿Qué quieres decir? —le pregunté.

Tommy señaló hacia la piscina y allí estaba Mary. Y los otros dos. Me contuve para no protestar a gritos desde la otra punta del jardín.

¿Qué daño hacían? Si a ellos les parecía natural, ¿por qué debía avergonzarlos yo? Solo que, como ya he dicho, yo jamás hubiera hecho nada parecido a su edad. La serpiente que había hecho avergonzarse a Adán y Eva, que había provocado que se taparan, había conseguido también que esa vergüenza pasara de generación en generación hasta llegar a mí. Y, de repente, la voluntad de la serpiente ya no funcionaba. Esta generación vive en un jardín del Edén anterior a la serpiente. Y, lo admito, debe de ser un lugar muy agradable para vivir.

Sin culpa. Sin vergüenza. Sin preocupaciones. Sin tener que hablar con los padres para decirles que se ha producido un «accidente». El sexo ya no solo es libre sino que, por lo que veo, se basa también en una igualdad total.

Qué fácil es... El chico no tiene que asumir el rol de quien propone, ni la chica el de quien consiente. No hay persecución ni ataque. Es fácil y ya está.

Pero me preocupan Elizabeth, Tommy y Nicky, mis tres hijos más pequeños, que no saben nada de sexo y cuya ignorancia siento el irracional deseo de preservar. Me digo que no es bueno para ellos ver que a las habitaciones de sus hermanas entran chicos con toda libertad. Y, luego, trato de engañarme a mí mismo. «Es todo muy inocente, solo están escuchando discos». Pero entonces me replicó: «¿Y si resulta que los discos solo son una excusa para otra cosa?». Y, de nuevo: «Bueno, ¿y qué si es así? ¿Qué tengo que hacer? ¿Empezar a aporrear la puerta mientras grito "¿Qué hacéis ahí dentro?"?».

Traté de llegar a un acuerdo con mis hijas. Nada de chicos en las habitaciones durante la noche. No sé por qué, pero esa norma parecía salvar, como si fuera un puente, el abismo generacional que nos separa. O evitar la cuestión que yo me planteaba al insinuar que, dado que los más pequeños dormían en sus habitaciones, de noche no era adecuado poner discos. El caso es que lo salvaba. Y que, más o menos, funciona.

Excepto la otra noche en que Joan y yo llegamos a casa a eso de las once y, cuando yo subía la escalera, me topé con Patrick, un amigo de David, y su novia. Patrick es un muchacho irlandés simpatiquísimo con una sonrisa la mar de encantadora y su novia, a la que yo llamo la pintora, es muy guapa y pinta muy bien. Patrick sonrió y dijo:

—Hola, señor Braden.

Y yo dije:

—Patrick, los dos sabéis que por la noche no podéis estar arriba. —Y luego, a modo de explicación, añadí—: Hay niños de ocho años durmiendo en casa.

Patrick sonrió de nuevo:

—Señor Braden —dijo—. No nos interesan los niños de ocho años. Solo estamos interesados el uno en el otro.

La culpa no es mía

Como he dicho, lo de la ropa me viene de Adán y Eva. Me gusta ponerme ropa y me siento incómodo cuando los demás no se ponen ropa.

Es más, me parece que esa posición es lógica, más allá del legado de cada cual. Mi experiencia me dice que son muy pocas las personas que están mejor sin ropa que con ropa. Cuando la gente está vestida, es posible imaginar una persona de cuerpo proporcionado. Pero la mayoría de las personas no tienen un cuerpo bien proporcionado. El viejo poema humorístico...

Muchos pechos y bustos he visto
de toda forma y condición,
desde la alborozada sorpresa
hasta la dolorosa decepción.

... ofrece cierta esperanza, pero en realidad no es que haya muchas «alborozadas sorpresas». Si las hubiera, el *streaking* se habría convertido en una institución importante y no en una moda pasajera.

Y, sin embargo, la culpa se impone a la lógica, como descubrí una noche de verano en que Joan y yo volvimos tarde a casa y vimos a nuestras cinco hijas desnudas en torno a la piscina. Ninguna de ellas es una «dolorosa decepción». Todas son muy atractivas. Pero ese hecho no mitigó mi sorpresa.

—Pero... ¿se puede saber —le dije a Mary, que era la mayor— qué estáis haciendo?

—Pues nos estamos bañando —respondió ella.

—No, no, no —dije—. No me refiero a eso. Quiero decir que por qué estáis aquí desnudas. Alguien podría cruzar la verja y entrar en el jardín. O veros desde la calle. Andando —dije, dirigiéndome aún a Mary—, todas arriba a vestirse.

Y Mary me devolvió una mirada fría.

—¿Qué te pasa, papá? —me preguntó—. ¿Es que te sientes culpable?

La respuesta, obviamente, es sí. Me siento culpable. Más tarde, me pregunté: «¿Cómo es posible que haya criado a cinco hijas a las que les parece bien bañarse desnudas en la piscina de su casa, en un barrio de las afueras?». Sí, era de noche. Sí, tenemos setos. Pero yo seguía sintiéndome culpable.

Hay otros tipos de culpa, igual de arraigados e igual de imposibles de ignorar. Por ejemplo, ¿por qué Elizabeth nos cuenta mentiras? ¿Por qué cuenta mentiras con tanta candidez, con un aire tan inocente, con tanta dulzura? Si las historias que se inventa fueran tan buenas como su forma de contarlas, sería imposible pillarla.

«Gracias por la nota en la que nos informa de que Elizabeth no asistirá a clase el próximo miércoles», empezaba una carta dirigida a Joan. Dado que Joan no había escrito ninguna nota, era necesario hablar con Elizabeth. Y Elizabeth dijo que debía de ser un error del instituto. Que lo averiguaría.

Cuando se tienen ocho hijos, resulta imposible hacer todas las cosas que los padres harían si tuvieran un solo hijo. Supongo que si Elizabeth hubiera sido hija única, Joan o yo habríamos ido al instituto, habríamos pedido que nos enseñaran la nota y le habríamos mostrado a Elizabeth su falsificación.

Pero teníamos otras muchas cosas que hacer. A Tommy y a Nicky había que llevarlos en coche al colegio aquella mañana y Joan tenía una reunión a primera hora en el despacho. Así que no fuimos al instituto a recoger la prueba del delito. Esperamos.

Sin embargo, teníamos que recordarle a Elizabeth su promesa de averiguar qué había ocurrido. Y nos contó la siguiente historia:

—Unos chicos querían poner a prueba al nuevo director, para ver qué hacía, ¿vale? Y por eso le enviaron una carta para justificar que yo no iría al instituto y falsificaron la firma de mamá.

Una historia verosímil. Que nadie se tragó, claro. Le dijimos a Elizabeth que no nos lo creíamos, pero no nos tomamos la molestia de demostrarle por qué. Así que me siento culpable por las mentiras de Elizabeth y culpable por no haber hecho nada para evitar esa culpa. ¿Durante cuánto tiempo seguirá así? Cuando Mary era pequeña, también solía contar mentiras y apropiarse de cosas. Recuerdo una vez, en un restaurante, en que me volví para ver si me había dejado algo y allí estaba Mary, una adorable criatura de nueve años, con su vestidito azul y su mirada inocente, metiéndose en el bolsillo la propina que yo le había dejado a la camarera. Ahora ya no cuenta mentiras ni se apropia de las cosas. Puede que a Elizabeth le ocurra lo mismo al crecer. O eso me digo. Y, sin embargo, evité el incómodo enfrentamiento con ella, así que sigo sintiéndome culpable. Detesto los enfrentamientos porque, por lo general, después también me siento culpable. Un día, estaba yo sentado en el porche trasero sin prestar demasiada atención a Joan, que en ese momento le estaba diciendo a Nancy que ese fin de semana no podía hacer una salida en moto con su medio novio. Y, de repente, oí a Nancy gritarle a su madre, soltando un taco tras otro. El enfrentamiento era inevitable. Me pudo la rabia y le di un bofetón a Nancy. Se lo merecía, sin duda, pero eso no me impidió sentirme culpable durante varios días. Y cada vez que recuerdo ese incidente, sigo sintiéndome culpable.

La única forma que conozco de evitar la culpa es no prestar atención. Seguid adelante con lo vuestro y, cuando surja la sospecha, pensad que es mejor no saber nada. Lo malo es que luego nos encontramos con la desagradable realidad: un parachoques abollado, un dólar que ha desaparecido del cajón del escritorio... La sospecha surgida poco antes estaba, pues, justificada. Y lo correcto hubiera sido actuar al detectar esa sospecha, en lugar de esperar hasta el enfrentamiento. Culpa otra vez.

Cuando pensamos en los hijos, la culpa nos abruma. El tiempo que tendríamos que haber pasado con ellos; los juguetes que tendríamos que haberles comprado, en lugar de los que les compramos; las clases de música que no recibieron; las clases de ballet ignoradas, pese a saber que Elizabeth se moría por ir, que era una niña con una gracilidad y una agilidad asombrosas... Todas esas aptitudes que se nos olvidó fomentar, o que no pudimos fomentar porque no teníamos ni el tiempo ni el dinero necesarios para tal cosa.

Y también los momentos que podrían haber sido o pueden llegar a ser cruciales. Por ejemplo, momentos en que había que elegir asignaturas en la universidad y prometimos informarnos y no lo hicimos. ¿Por qué Nicky es el único niño de la familia que no sabe nadar, que nunca aprendió braza y solo sabe chapotear entre las olas y nadar como un pato? Porque nunca me tomé la molestia de enseñarle, por eso. Enseñé a los demás e ignoré a Nicky porque en la época en que Nicky tendría que haber aprendido a nadar, yo estaba demasiado ocupado.

Y cuando no les dedicaba bastante tiempo, les dedicaba demasiado tiempo. ¿Por qué David ha tardado tanto en ir a la universidad? ¿Y por qué se muestra tan inseguro en esa cuestión? Porque lo presioné demasiado con los estudios. Tan a menudo y con tanta insistencia que la universidad le empezó a dar miedo, por eso. Y si resulta que nunca estudia, la culpa será mía.

«La culpa es tuya» es una frase muy habitual en una familia de ocho hijos. Se usa cuando se derrama la leche, cuando se rompe un vaso, cuando el cortacésped se queda fuera y llueve, cuando se pierden zapatos, cuando los discos están por el suelo, cuando el coche aparece abollado... A sus nueve años, mi hijo Nicholas ha encontrado su propio sistema para exculparse de los hechos. Se pasa el día repitiendo una frase como si fuera una especie de mantra: «La culpa no es mía; la culpa no es mía; la culpa no es mía». Primero pone énfasis en la palabra «culpa» y luego en la palabra «mía», como si estuviera ensayando mentalmente qué forma de pronunciar la frase «la culpa no es mía» suena más convincente o le produce mayor satisfacción.

El otro día se me ocurrió pensar que tal vez ese descubrimiento de Nicholas tenga lógica y aporte serenidad. Joan y yo estábamos hablando no hace mucho sobre Nancy y el medio novio, y sobre David y la universidad, y como de costumbre nos sentíamos culpables y nos preguntábamos qué debíamos hacer, cuando de repente me acordé de la frase preferida de Nicholas. «¿Por qué no?», pensé. Les he dado, me dije, techo, comida y un lugar para jugar. Me he ocupado de su educación. Les he proporcionado consejos. Les he proporcionado transporte. Les he proporcionado libros. Les he proporcionado vacaciones. Puede que haya obviado las clases de tenis, pero les he pagado clases de equitación. A lo mejor es una estupidez, pero es lo que ellos querían. También he obviado otras cosas, pero lo he hecho lo mejor que he podido. No lo mejor del mundo, pero lo mejor que he podido.

Así que si alguno de mis hijos no quiere ir a la universidad; si alguna de mis hijas se empeña en tener un medio novio, cosa que parece tan prematura como absurda; si alguno de mis hijos no va a ser exactamente lo que yo esperaba de él o de ella; si, en definitiva, todos ellos quieren decir «¡Al diablo con eso!, no voy a hacer lo que se espera de mí» y todo acaba fatal y un día me llega la noticia de que alguno de ellos ha dado con sus huesos en la cárcel, y pienso que debería sentirme culpable, ¿sabéis qué haré? No me sentiré culpable. Imitaré a Nicholas. Iré por ahí repitiendo para mis adentros: «La culpa no es mía».

Se lo dije a Joan y me sentí la mar de bien cuando se lo dije.

—Te juro que no me voy a sentir culpable.

Pero, por supuesto, sé que eso no es verdad.

Una chica decidida

Érase una vez una muchacha que lo hacía todo bien y no era una santita. Era guapa, pero no corría el riesgo de que la consideraran despampanante. Era buena deportista, pero nadie la consideraba un marimacho. Era buena estudiante, pero no una empollona. Responsable, pero no sensata. Ni purista en cuestión de normas. Valiente, pero acostumbrada a tener miedo. Se esforzaba en todo lo que hacía y, por lo tanto, disfrutaba de todo lo que hacía.

La chica en cuestión se llamaba Susan y me pregunto qué les sucede a esas chicas. ¿Se casan con presidentes como John Adams, como hizo Abigail, e influyen en la historia de su país de una forma que, con el tiempo, los eruditos pondrán en cuestión? ¿Son las incondicionales desconocidas que, según el Talmud, cargan con el peso del mundo sobre los hombros? ¿Son las Saras del mundo, como la Sara de la Biblia, recordada por su alegría?

¿O acaso el mundo termina por doblegar a estas Susans, que se enfrentan a él abiertamente y con una resolución inquebrantable? ¿El mundo les pisotea el espíritu, se lo envenena con toda su crueldad y mezquindad?

Me lo pregunto porque la experiencia me dice que hay más Susans de catorce años que de treinta, y más de treinta que de cincuenta. Algo debe de ocurrirles por el camino, no sé, un accidente, un marido, una botella de ginebra. A veces, claro, consiguen salir adelante. Todos conocemos a unas cuantas Susans, aunque diría que no a muchas.

Mientras tanto, sin embargo, es muy agradable relajarse y disfrutarlas. ¿Qué hace Susan ahora? Jugar a tenis; practicar español; hacer esquí acuático; jugar de segunda base en un equipo masculino; correr dos kilómetros; corregir el carácter de su padre al decirle «Papá, estás siendo ridículo»; leer historia; viajar a México.

Da igual lo que esté haciendo, porque si Susan está haciendo algo, es que vale la pena hacerlo. Y, sea lo que sea, lo estará haciendo bien y con alegría, y se estará esforzando lo bastante para aprender algo mientras lo hace. O, si ha ido a algún sitio, se comportará de forma educada y responsable, disfrutará de la experiencia y volverá a la hora que ha dicho que va a volver.

Que Mary, Nancy y Elizabeth salgan hasta tarde me preocupa por varios motivos. Que Joannie salga hasta tarde me preocupa porque es tan pequeña y tan dulce y tan generosa que despierta mi instinto protector y me asusta que pueda verse en una circunstancia que no es capaz de gestionar, porque entonces tendré que ir de inmediato a ayudarla. Pero nunca me preocupo cuando Susan sale hasta tarde porque me resulta agradable pensar que debe de estar divirtiéndose.

La gente suele decir –Nancy a veces también lo dice– que «Susan es la favorita de papá». No es verdad. No tengo hijos favoritos. Lo que sí es verdad es que raramente desapruebo el comportamiento de Susan y el motivo es que casi nunca hace nada para merecer mi desaprobación. Tampoco es que sus hermanos y hermanas estén celosos de ella. Es difícil sentir celos de una persona que siempre está muy ocupada haciendo algo. La lógica dice: «Si siento celos, ¿por qué no me pongo yo también a hacer cosas?». O, por citar la expresión de Joannie: «¡Vaya con Susan!».

Ojalá yo tuviera las cosas tan claras como Susan. ¿Por qué no todo el mundo se da cuenta de que la gracia de las cosas es probarlas?

—Será mejor que le digas que no presente su solicitud en Dartmouth —me dijo un amigo—. La nota de su SAT* es muy baja, no la aceptarán.

Así que hablé del tema con Susan.

—A mí no me preocupa, papá —dijo Susan—. Esos tipos de Dartmouth se creen muy importantes. Yo puedo hacer lo mismo que ellos.

—Muy bien —le dije—, pero... ¿y si no lo consigues?

—Pues entonces haré otra cosa —me respondió—. Y lo único que lamentaré es que no me hayan dado la oportunidad de intentarlo.

* SAT: es un examen de admisión aceptado por las universidades de Estados Unidos para evaluar la preparación de los estudiantes de cara a los estudios universitarios. Incluye pruebas de lectura, redacción y lenguaje, y matemáticas. (*N. de la t.*)

Así que presentó su solicitud y la rechazaron y se lo tomó bastante bien, pero yo sabía que estaba dolida.

—Maldito SAT —dijo.

Yo me sentía igual. Odio el SAT. Primero Mary, luego Joannie y luego Susan han pasado por el instituto —en algunos casos, más de un instituto— con muy buenas notas —excelentes y notables; casi todo excelentes— y luego, tras presentarse al SAT en algún centro examinador, resulta que obtienen unas notas muy bajas.

Las universidades suelen exigir una puntuación de setecientos en el SAT, o por lo menos seiscientos. Y mis hijas estaban llegando a casa hechas un mar de lágrimas porque su puntuación no pasaba de quinientos. Recuerdo que un día estaba delante de casa, arrancando malas hierbas de unas matas de diamante cuando llegó el coche. Joannie bajó de él y entró corriendo en casa lo más rápido que pudo, llorando desconsoladamente. La alcancé, la abracé con fuerza y traté de tranquilizarla, pero lo único que podía decir ella, entre hipidos, era:

—No puedo, papá. No puedo. Lo intento una y otra vez, pero no puedo.

Joannie se presentó tres veces al SAT y las tres veces fracasó. Y Nancy. La que mejores notas sacaba en la familia. Todo excelentes en el instituto. La primera de su clase. Pero una puntuación baja en el SAT. Creo que el SAT tiene la culpa de que Nancy tomara la decisión de no ir a la universidad y se largara a Alaska con el medio novio. Sí, ya sé que los examinadores que preparan las pruebas del SAT no considerarían un fracaso los resultados de Nancy. Pero para una chica con muy buenas notas y expectativas de ir a la universidad, una puntuación de cuatrocientos o quinientos y poco es un fracaso y creo que no exagero si digo que a algunos de esos chicos les arruina la vida para siempre. Porque, ya a muy temprana edad, lo que ese resultado les dice es: «No vale la pena que lo intentes. No eres brillante».

Y, sin embargo, yo no estoy seguro de que eso sea cierto. El profesor Banesh Hoffman, en su libro *The Tyranny of Testing* dice que no lo es. El alumno realmente brillante obtiene malos resultados en el SAT porque el alumno realmente brillante se queda perplejo ante la ambigüedad de las preguntas tipo test. Sabe demasiado. Me gustan algunos de los ejemplos de Hoffman para ilustrar esa ambigüedad: «George Washington nació el 22 de febrero de 1732. Verdadero. Falso». Tal y como señala el profesor Hoffman, cualquiera que tenga unas nociones básicas sobre George Washington dirá que es verdadero y «verdadero» es la respuesta correcta. Pero cualquiera con unas nociones algo más que básicas sabe que George Washington nació bajo el calendario juliano, según el cual su fecha de nacimiento fue el 11 de febrero.

Otra de las preguntas tipo test que analiza Hoffman: «*Emperador* es el nombre de: a) un cuarteto de cuerda; b) un concierto para piano; c) una sonata para violín». El estudiante medio responde b), porque sabe que es un concierto para piano de Beethoven. Pero los estudiantes mejor informados se quedan perplejos: saben que ese nombre corresponde a un concierto de Beethoven, pero también a un cuarteto de Haydn. Así que se preguntan: ¿lo sabía la persona que ha redactado el test?

Pero mi pregunta favorita, entre todas las que utiliza Hoffman como ejemplos, es la que habla de viento. Y es mi favorita porque me parece completamente ambigua y no sería capaz de decidir qué respuesta es correcta y cuál no lo es: «Si no podemos hacer que el viento sople cuando y donde nosotros queremos que sople, por lo menos podemos utilizar su: a) fuente; b) calor; c) dirección; d) fuerza; e) atmósfera». La respuesta correcta es d), pero no veo por qué un estudiante no podría elegir de forma igualmente lógica la respuesta c). Hoffman señala que un estudiante de mente científica que sepa que «fuente del viento» implica la combinación del calor del sol y la rotación de la tierra, podría elegir perfectamente a).

No estoy diciendo que mis hijas sean alumnas brillantes. Pero Mary sacó excelentes y notables en el instituto, obtuvo un resultado mediocre en el SAT, y en la universidad volvió a sacar notables y excelentes.

He hablado sobre esta correlación con distintos funcionarios de admisiones de las universidades y todos me han dicho que, lógicamente, el SAT no puntúa ni el esfuerzo, ni la iniciativa, ni la paciencia ni la determinación. Admiten también que el SAT no puede evaluar la capacidad de una persona para expresarse de forma clara, convincente o elegante, ni siquiera la capacidad de razonar con sensatez. Una conclusión incorrecta, señala Hoffman, a la que se llega a través de una argumentación impecable, por lo general es más meritoria que una conclusión correcta a la que se llega a través de un razonamiento atrozmente ilógico, o limitándose a memorizar lo que el profesor ha dicho en clase. Pero el SAT no tiene en cuenta esta verdad.

Sin embargo, dicen los funcionarios de admisiones, solo utilizan el SAT como «un factor» a la hora de decidir las admisiones. La carta que Susan recibió de Dartmouth también lo decía. Pero, en este caso, decía que ese factor había sido determinante porque la puntuación media de los alumnos que iban a cursar primer año se situaba en los seiscientos y muchos, y que los quinientos y algo de Susan quedaban bastante lejos.

No había nada que yo pudiera hacer, le expliqué a Susan.

—Si fuera otra universidad —le dije—, lo intentaría. Pero Dartmouth es muy especial para mí. Yo estudié allí. Formo parte del consejo de administración. El señor que te ha escrito la carta es un viejo amigo muy querido para mí. Esta es la única situación en la que no puedo ayudarte.

Susan lo entendió. Mi esposa no. Joan arqueó el lomo, como una gata que intuye una amenaza para sus gatitos. Me dijo que tenía que ir a hablar con el rector Kemeny, de Dartmouth, para insistir en que se había cometido un error.

—No puedo —le expliqué—. Me estás pidiendo que pase por encima de un viejo amigo que ha tomado una decisión que él cree correcta y que desearía no haber tenido que tomar. Me pides que vaya a hablar con su jefe para decirle que mi amigo está equivocado. No puedo hacerlo.

—Tom Braden —replicó mi esposa—, te estás equivocando.

—No —respondí yo—, no me estoy equivocando. Hay ciertas cosas que uno no puede hacer por sus hijos y esta es una de ellas.

Así que lo dejamos correr. Y una tarde, mientras los miembros del consejo de administración de Dartmouth estaban sentados a la mesa, debatiendo asuntos trascendentales para la universidad, Joan entró en el despacho del rector John Kemeny y dejó una nota trascendental para Susan.

En aquel momento no lo supe, pero cuando descubrí lo que mi esposa había hecho, me sentí incómodo. Llamé a mi amigo, el funcionario de admisiones, y le pedí disculpas. Y me sentí culpable la siguiente vez que vi al rector de Dartmouth. Pensé que los demás miembros del consejo de administración me miraban como si los hubiera decepcionado. Todos eran personas honorables, que —creía yo— jamás se hubieran aprovechado de su posición. Y lo que es más, le dije a Joan, también estaba seguro de que controlaban a sus esposas mejor que yo.

Todo aquello me afectó profundamente, hasta el punto de que me salté la siguiente reunión del consejo de administración. Tenía la sensación de que si iba, todo el mundo me estaría observando.

Además, y según le dijo Kemeny a Joan —o, por lo menos, eso me contó ella—, lo que Joan había hecho podía resultar perjudicial para Susan. Que no la hubieran admitido era un doloroso golpe, pero suspender podía ser aún más doloroso. Kemeny quería que Joan entendiera las implicaciones de la decisión que estaba tomando. Y si ella estaba dispuesta a aceptar dichas implicaciones, él aceptaría reconsiderarlo.

Así que me empezaron a preocupar las implicaciones y también lo que Joan había hecho. Y me preocupé por mi amigo, el funcionario de admisiones, y por mi relación con él, y también me preocupó que toda aquella historia me provocara sentimientos de culpa. Y entonces, una mañana, llegaron por correo las primeras notas de Susan: todo excelentes y notables, como siempre.

Puede que otra de las cosas que el SAT no evalúa es si la joven que se presenta al examen sigue los consejos de su padre... como hace Susan. Y no me refiero a los exámenes, sino en general. Le dije a Susan que no cometiera la tontería de empezar a fumar. Le dije a Susan que aprendería más si leía un buen libro o mejoraba su tenis que si se pasaba el verano haciendo el tonto por ahí con una pandilla cuyo único objetivo parecía ser hacer el tonto por ahí. Le dije a Susan que el mayor error que cometen la mayoría de las personas a lo largo de la vida es no intentarlo. Les he dicho todas esas cosas al resto de mis hijas, pero no parece que me presten tanta atención.

Todas las mañanas de la década de los sesenta me levantaba en nuestra casa de Oceanside y bajaba a la playa a correr un par de kilómetros. Y una mañana, volví la vista atrás y a unos doscientos metros vi a una esbelta niña de seis años que corría detrás de mí. Susan y yo mantuvimos esa costumbre durante años. A veces nos acompañaban algunos de sus hermanos o hermanas, especialmente Nancy, pero no todas las mañanas, con lluvia o sol, en invierno o en verano, como hacía Susan.

Al cabo de un tiempo, ya no era Susan quien trataba de alcanzarme, sino yo que avanzaba con esfuerzo por la arena mientras intentaba seguirle el ritmo. Le recordé ese detalle no hace mucho y ella se echó a reír.

—Inténtalo, papá. Inténtalo.

Así es Susan.

Ayuda

Mi amigo Joseph Alsop siempre dice que «ayudante» es una palabra demasiado ridícula y se niega a usarla.

—«Sirviente» —dice— es un término más exacto y objetivo, pero «ayudante» no es exacto porque es subjetivo y rinde tributo a aquel que sirve al gran dios del igualitarismo.

Puede que Joe tenga razón en lo que a él respecta, pero no la tiene en lo que a mí respecta. Con el paso de los años, he contratado a muchas personas para que nos ayudaran a Joan y a mí a criar a ocho niños. Algunas de esas personas nos han ayudado y otras nos han dado más problemas que otra cosa, pero en ningún caso he tenido la sensación de que me sirvieran.

Con eso no quiero decir que no les esté agradecido. Pienso, por ejemplo, en Beatrice. Beatrice se había criado en una granja de Maryland y, en el fondo de su corazón, sigue siendo una chica de campo, una muchacha sincera, abierta y confiada. Estoy convencido de que se ve a sí misma más como una ayuda que como una sirvienta. Y puede que precisamente por la forma en que se ve a sí misma, Beatrice es una amiga que en momentos de crisis se ha mostrado firme como una roca, alguien en quien siempre se puede confiar, que siempre está ahí.

Le pago a Beatrice y le pago muy bien, y es justo lo que debo hacer porque viene todas las mañanas y se marcha muy tarde. Pero por largos que hayan sido esos días, no recuerdo que ni Joan ni yo le hayamos dado nunca «órdenes». En nuestra familia apechugamos todos y Beatrice sabe que apechugamos, así que nos ayuda y le estamos muy agradecidos.

Beatrice y yo somos los coguardianes de las llaves, es decir, que cada uno de nosotros tiene un juego y ella me presta el suyo cuando yo pierdo el mío. Por lo tanto, los dos somos figuras de autoridad. Nuestras llaves abren el mueble-bar, el cuarto de la lavadora y una pequeña despensa en la cocina en la que, deduzco, los antiguos propietarios de la casa guardaban la plata. Beatrice usa esa despensa para guardar todo lo que no puede dejarse a la vista.

Dicho de otro modo, que en la despensa de Beatrice pueden encontrarse galletitas saladas, cigarrillos, jarrones, las servilletas buenas, el sacacorchos de repuesto y la mantequilla de cacahuete.

Lo de las galletitas saladas es por Joan, que las adora y no podría comérselas jamás si las dejáramos en la cocina porque los niños, a quienes les da igual lo que meriendan mientras merienden, se las zamparían en un abrir y cerrar de ojos. Lo de esconder los cigarrillos y las servilletas buenas también va por los niños, especialmente por Elizabeth, que dice que no fuma, y por Tommy, que en alguna ocasión ha usado las servilletas buenas para recoger las cacas de los perros. El sacacorchos de repuesto es para mí y lo escondemos de los invitados de nuestros hijos, que suelen traer botellas de vino, bebérselas en las habitaciones de arriba y esconder bajo la cama las botellas y el sacacorchos.

Los jarrones están allí escondidos para protegerlos de los perros, que tienen la costumbre de sacudir la cola. Y la mantequilla de cacahuete está allí porque de ese modo en la cocina solo tenemos un bote de mantequilla de cacahuete: si tuviéramos dos o tres, los niños –por motivos que escapan a mi entendimiento– los abrirían todos a la vez.

Conozco a un hombre que tiene tres hijos muy educados y muy bien atendidos y que ha dicho de mí y de mi familia que «los niños de los Braden parecen salvajes». Cuando me llegó ese comentario, la persona que me lo hizo llegar se sorprendió –creo– al ver que no me ofendía. Creo que la descripción es acertada y lo demuestra la despensa de Beatrice, que contiene el botín de los salvajes.

El cuarto de la lavadora también está cerrado con llave, no para ocultar un tesoro de prendas de vestir, sino para evitar daños a los electrodomésticos y para tratar de poner un poco de orden en las tareas de lavado y planchado. Nos fue bastante bien con un cuarto de la lavadora abierto hasta que los niños fueron bastante mayores para lavarse sus vaqueros. Cualquiera podría pensar que esa etapa es muy bien recibida en una familia numerosa, pero no es cierto. Como todo el mundo sabe, lo primero que hay que hacer con unos vaqueros nuevos no es ponérselos, sino lavarlos –unas cien veces o más– antes de que sea el momento de ponérselos.

—La lavadora se ha muerto —dijo Beatrice un día de septiembre, refiriéndose a una lavadora que habíamos comprado en Navidad—. Se la han cargado con los petos.

Cuando los niños se ocupaban de sus vaqueros, sacaban de la lavadora lo que fuera que Beatrice estuviera lavando y lo dejaban tirado por ahí. También tenían la costumbre de dejar la secadora en marcha, con un par de zapatillas deportivas rebotando en el interior.

Así que fui al cuarto de la lavadora, me quedé contemplando el electrodoméstico estropeado, con los vaqueros en su interior, y eché un vistazo a la pila de prendas infantiles que me rodeaban.

—Vaya por Dios —dije.

—Estos niños... —dijo Beatrice.

Así que, con mi permiso, Beatrice hizo poner una cerradura en la puerta de la lavandería y, movida por un sentimiento de complicidad y por la idea de compartir un secreto, hizo una copia de la llave también para mí, aunque nunca la uso. De hecho, no he vuelto a visitar el cuarto de la lavadora desde el día en que eché un vistazo a mi alrededor y dije: «Vaya por Dios».

La razón por la cual menciono despensas cerradas y llaves es que son cuestiones que provocan un considerable resentimiento entre los niños. Argumentan que las puertas cerradas les impiden ejercer derechos básicos, como por ejemplo ir a buscar un bote nuevo de mantequilla de cacahuete cuando el anterior se acaba, o lavar unos vaqueros que no se han lavado lo suficiente para poder ponérselos sin pasar vergüenza.

—Una casa con puertas cerradas con llave no es buena idea —dijo David el otro día.

Creo que no entiende que las puertas cerradas con llave son fundamentales para que Beatrice siga siendo una ayudante, En mi opinión, si hay algo peor que una casa con puertas cerradas es una casa con ocho niños y sin ayudantes.

Hasta tres niños, Joan y yo nos las podríamos haber apañado. A partir de ahí, imposible.

A lo largo de los años, hemos presenciado un considerable desfile de «ayudantes», aunque nada que ver con las historias que solía oír acerca de la familia de Robert Kennedy: una doncella que llegaba y otra que se marchaba el mismo día, o la misma semana. Pero ahora que mi memoria evoca uno tras otro los rostros de aquellos ayudantes, cuento catorce en total, y eso incluye a Pablo y su esposa, de El Salvador.

Pablo creía que su esposa tenía que trabajar

muchas horas mientras él miraba, porque así era como se hacían las cosas, según decía, «en su país». Hablaba mucho de «su país», pero aun así yo no conseguía acostumbrarme a la imagen de su esposa arrodillada, fregando el suelo de la cocina, mientras él contemplaba la escena con un gesto de aprobación. Así que lo que hacía era arrodillarme, quitarle el cepillo a su esposa y ponerme a fregar el suelo delante de Pablo, pensando que a lo mejor así se avergonzaba. Pero dado que ya me había explicado cómo se hacían las cosas «en su país», Pablo asumía, imagino que con cierta lógica, que con ese gesto yo pretendía darle a entender que no estaba satisfecho con el trabajo de su esposa. Así que Pablo se marchó y se llevó a su sirvienta con él.

Sin contar a Pablo, la media de tiempo que han pasado con nosotros los verdaderos «ayudantes» ha sido de dos años. Y, ahora que lo pienso, me alegra pensar que todos ellos se convirtieron en amigos y que muchos aún lo siguen siendo.

Joe Alsop piensa que, dado que a los estadounidenses les parece degradante ser «sirvientes», utilizan el término «ayudantes» para disfrazar el hecho de que consideran indispensables a los sirvientes. Pero dudo que Joe se haya detenido jamás a analizar la diferencia entre ayudantes y sirvientes. Los sirvientes sirven las comidas. Los ayudantes ayudan a servir las comidas. Los sirvientes hacen las camas y limpian los cuartos de baño. Los ayudantes ayudan a conseguir que lo hagan los niños. Los sirvientes esperan a los demás. En nuestra casa, son los demás lo que esperan a los ayudantes.

Así que, en este país, la palabra «ayudante» se ha convertido prácticamente en un sinónimo de «temporero», como solía decir mi padre. Los temporeros de la granja que mi abuelo tenía en Kansas eran, por lo general, muchachos que trabajaban muy duro para comprarse sus propias tierras y que tenían bastantes números para escoltar a las hermanas de mi padre a los bailes populares del sábado por la noche.

Hoy en día, un «ayudante» de un hogar de clase media acostumbra a ser mujer, pero a excepción de ese detalle, el trabajo tiene la misma talla que el de «temporero». Los ayudantes –excepto en los casos en que llegan invitados para cenar– comen en la misma mesa, disponen de una buena habitación y de una tele –en los casos en que dichos «ayudantes» viven en su lugar de trabajo–, libran todos los domingos y sábados alternos, y participan en todas las decisiones familiares, desde las comidas y boletines de notas hasta las vacaciones o la compra de electrodomésticos y coches.

Es más, los ayudantes gozan a menudo de cierta inmunidad en lo que a críticas y peleas se refiere. No pasa nada –por lo menos, en nuestra casa– si un niño le dice a su padre o a su madre, durante la cena, que no sabe de qué habla, pero no se le puede decir algo así a Beatrice.

Hemos cometido errores, claro. Hemos contratado como ayudantes a una alcohólica y dos ninfómanas.

La alcohólica llevó su problema muy en secreto y lo disimulaba tan bien con enjuague bucal que no descubrimos su debilidad hasta después de que se hubiera marchado. Joan y yo tuvimos que ir al supermercado a buscar cajas para meter todas las botellas vacías que había escondido dentro de su armario.

Me enteré de una de las ninfómanas gracias a la policía de Oceanside, cuyos agentes recelaron de la repentina popularidad de nuestra hasta entonces tranquila calle entre los reclutas del Cuerpo de Marines en la cercana base de Camp Pendleton. De la otra me enteré gracias a mis hijas pequeñas, que me dejaban perplejo al contarme por la mañana las cosas que aprendían por la noche.

Cuando pienso en la alcohólica y en las ninfómanas, lo lamento. Tendríamos que habernos dado cuenta y haberles ahorrado ese trago a nuestros hijos. Pero después me encojo de hombros: ¿qué habríamos hecho Joan y yo si no hubiéramos tenido ninguna clase de ayuda?

Si calculamos que cada niño gasta unos diez pañales al día durante dos años, eso significa siete mil trescientos cambios de pañal. Y multiplicado por ocho niños, asciende a la asombrosa cifra de cincuenta y ocho mil cuatrocientos.

Y en cuanto a las comidas... La media de edad de mis hijos es ahora de dieciséis años. Si no me fallan las cuentas, eso significa que Joan, yo y las ayudantes les hemos servido, así aproximadamente, unas ciento cuarenta mil ciento sesenta comidas, además de lavar los platos y guardarlos en su sitio. Aunque, todo sea dicho, al hacerse mayores los niños también ayudaban.

Los sirvientes no saben ayudar. Me acuerdo, por ejemplo, de Sing, un chino que llegó a nuestro hogar desde Hong Kong y que se comportaba, a todos los efectos, como un sirviente.

En la familia, todos le teníamos cariño a Sing. Era alegre. Tremendamente eficiente. Preparaba deliciosas comidas chinas y limpiaba la casa mejor de lo que se había limpiado hasta entonces y mejor de lo que se ha limpiado desde entonces.

Es más, se tomaba su trabajo de sirviente en el sentido más antiguo del término, como vasallo y protector. Solíamos guardar una tabla de surf delante de la casa de Oceanside y los chavales del barrio estaban acostumbrados a cogerla prestada. Un día miré por la ventana y vi a dos muchachos que cargaban con la tabla por el empinado terraplén para dejarla en su lugar habitual, junto a la puerta trasera. Unos diez pasos por detrás de ellos, en silenciosa persecución, iba Sing: caminaba con un brazo extendido y en la mano llevaba un enorme cuchillo de cocina. Por lo que pude ver, estaba obligando a los dos chicos a devolver lo que él consideraba una propiedad robada.

Pero el problema de Sing era que insistía en hacerlo todo él y a mí me parecía obvio que, tarde o temprano, acabaría explotando. Cualquier que trate de trabajar como sirviente en una familia con ocho hijos acaba explotando.

La explosión de Sing fue discreta. Insistía en que ninguno de los ocho niños debía entrar jamás en la cocina, que él los serviría fuera de la cocina. Era una exigencia razonable para un sirviente. Pero no era una exigencia que las «ayudantes» hicieran jamás, porque las ayudantes entienden de democracia y la democracia empieza en la cocina. Cuando los niños vuelven a casa del colegio, quieren un vaso de leche y un sándwich de mantequilla de cacahuete. Deberían preparárselo ellos mismos y limpiar después. ¿Qué niño o niña estadounidense que se precie quiere que le sirvan un sándwich de mantequilla de cacahuete y gelatina en un plato? Sing me caía bien y lamenté que se marchara, pero si vuelvo la vista atrás y pienso en las diferencias entre un sirviente y un ayudante, por un lado pienso en Sing y, por el otro, me viene a la memoria la imponente figura de un hombre llamado Dick.

Dick era un sargento del Cuerpo de Marines que se instaló en nuestra casa porque su esposa, Louise, era «ayudante». Dick no cobraba. Solo vivía de vez en cuando con nosotros y hacía algún que otro trabajillo a cambio de habitación y comida. Cobraba una pensión de invalidez por algún problema que sin duda ya había superado. Porque era casi cien kilos de puro músculo. Capaz de coger un coche por el eje trasero y levantarlo del suelo. Y también de tragar ingentes cantidades de comida: pollos enteros desaparecían entre sus dientes de oro de una sola sentada. Y capaz también de controlar a un caballo como si fuera un niño poco desarrollado.

La época de Dick como «ayudante» en nuestra casa sobrevivió al lío amoroso que tuvo con una yegua de carreras de barriles llamada Lady Golden. Dick conoció a aquella yegua durante un verano, mientras estábamos de vacaciones en Aspen, Colorado. En realidad, Dick nunca había demostrado interés por los caballos, hasta que vio a Lady Golden ganar una carrera de barriles. Después de aquella carrera, Dick no hablaba de otra cosa y se pasaba el día en el establo de Lady Golden, acariciándola, hablándole y diciéndole que era una campeona de las carreras de barriles.

Y la verdad es que lo era. La vi correr una o dos veces y presencié un giro asombroso: se dirigió a toda velocidad hacia el barril, en un extremo del recorrido, frenó prácticamente en seco al llegar, lo rodeó deslizando las rodillas por el suelo y luego se dirigió de nuevo a toda velocidad al barril situado en el otro extremo del recorrido.

Lo cierto es que Lady Golden, cuyo nombre hacía honor a su pelaje dorado, era un espléndido ejemplar de la raza «cuarto de milla». Lucía una crin blanca que le caía sobre los ojos y la sacudía de un lado a otro, en un gesto desafiante. Aquella yegua era un espíritu libre, no estaba acostumbrada a otra disciplina que no fuera la que podía imponerle la embocadura y yo hasta tenía mis dudas de que estuviera dispuesta a acatarla.

Dick se encaprichó tanto de Lady Golden que cuando llegó el momento de cargar el coche para volver a Oceanside, la compró. A mí me informaron de la compra el día antes de partir, supongo que porque conducía el coche familiar y Dick sabía que tendríamos que engancharle un remolque para poder llevarla a casa.

Pero no tardé en descubrir que había otro motivo. El precio de compra de Lady Golden había dejado a Dick sin blanca, de modo que me pidió –a modo de favor– que comprara yo el remolque.

Dick y yo, pues, recorrimos todo Aspen y encontramos un viejo remolque para caballos, descubierto, que compré por cincuenta dólares. Subimos a Lady Golden y emprendimos el camino de vuelta a casa, sin desviarnos ni un milímetro de la ruta que habíamos planificado, que incluía –Joan lo había organizado todo– un pequeño rodeo para visitar el Parque Nacional Bryce Canyon.

Una de las cosas más destacables del Parque Nacional Bryce Canyon es que posee una serie de puentes naturales y túneles entre los que va serpenteando la carretera. Muchos turistas, que cruzan el país o se dirigen al oeste, se quedan fascinados ante dichos monumentos y, como todo el mundo sabe, a los niños les encantan porque en cuanto el coche se adentra en uno de esos túneles, pueden ponerse a gritar y escuchar el eco que rebota en las paredes.

Pero, incluso hoy en día, pienso en los túneles de Bryce Canyon con un respeto que se aproxima al miedo. Porque Lady Golden, que viajaba en su remolque descubierto, veía aproximarse los túneles y dejaba escapar un relincho tan poderoso y agudo que, al rebotar en las paredes del túnel, se convertía en un sonido verdaderamente aterrador y absolutamente abrumador, hasta el punto de anular toda conversación, pensamiento, decisión e incluso identidad.

Los demás viajeros se quedaban petrificados. Giraban bruscamente hacia el arcén del túnel y se detenían, lo cual no solo es peligroso, sino que también está prohibido. De no haber sido por las descomunales paredes de roca del túnel, sin duda se habrían salido de la carretera. Al cabo de un rato, la experiencia tendría que haber suavizado un poco mi propio miedo. Sin embargo, y por algún motivo, cada vez que nos acercábamos a un túnel, el simple hecho de saber lo que iba a ocurrir me producía el mismo efecto que la imagen de un instrumento de tortura a un hombre que lo ha experimentado en sus propias carnes.

Por suerte, la carretera que cruza Bryce Canyon es corta y ya habíamos salido del parque antes de que los turistas que viajaban en la dirección opuesta pudieran informar acerca de las molestias, antes de que los trabajadores del parque pudieran intervenir y antes de encontrarnos con el conductor que, según la ley de los promedios, acabaría estampándose contra nosotros en lugar de apartarse.

Y, a todo esto, sentado en el asiento trasero, Dick trataba de mantener la calma.

—Lady Golden se tranquilizará —decía, en el tono de un hombre que aplica un ungüento a una herida.

Y así fue, una vez que dejamos atrás los túneles.

Jamás me había fijado en que en este país hubiera tantos pueblos que cuentan, entre sus instalaciones municipales, con un establo para todo aquel viajero que quiera dejar su caballo durante la noche. Y estoy seguro de que la mitad de los habitantes de nuestros pueblos y ciudades tampoco lo saben. No sé qué pensaba yo que íbamos a hacer con Lady Golden cuando nos detuviéramos durante nuestro viaje de mil seiscientos kilómetros desde Colorado hasta California. ¿Acaso pensaba que Dick y yo nos dedicaríamos a pasear a Lady Golden mientras ella mordisqueaba la hierba frente al motel en el que dormían los niños?

Recuerdo vivamente a los ancianos de pelo entrecano, algunos con botas y sombreros de vaquero y otros con sencillos monos de trabajo, que se encargaban de cuidar el establo del pueblo. Sin tener que ir más allá del primer agente de policía con el que nos topamos, encontramos el establo, desenganchamos el remolque del coche lleno de niños y acomodamos a Lady Golden para pasar la noche.

El problema lo teníamos por la mañana, cuando Dick y yo llegábamos para subir a Lady Golden al remolque antes de proseguir con la siguiente etapa de nuestro viaje. En todas las paradas, los ancianos de pelo cano decían lo mismo:

—Es una yegua preciosa, pero no quiere subir.

Lady Golden se plantaba, daba coces y con mucho esfuerzo conseguíamos subirla hasta la mitad de la rampa del remolque. Y entonces se alzaba sobre las patas traseras y los mozos de cuadra, Dick y yo perdíamos la fuerza o el valor, y Lady Golden bajaba de nuevo por la rampa.

A la postre, resultó que tanto esfuerzo había valido la pena. Lady Golden dio muchas alegrías, tanto a Dick como a nosotros. Dick y Lady Golden ganaron el primer premio en un desfile en Oceanside, durante el Día del Trabajo: David iba a lomos de Lady Golden, disfrazado de Huckleberry Finn, y

Dick caminaba a su lado. Al año siguiente, Dick engualdrapó a Lady Golden con una preciosa silla plateada y le colocó adornos plateados que colgaban a ambos lados, de manera que resplandecía bajo el sol. Luego se dirigió con ella hacia la calle principal de Oceanside, no en busca de ningún premio, sino simplemente para participar en el desfile.

Vimos el desfile todos juntos; aplaudimos y animamos a Dick cuando pasó frente a nosotros. En realidad, era demasiado grande para Lady Golden, pues cuando la montaba los pies prácticamente le rozaban el suelo. Pero se le veía orgulloso y elegante al mismo tiempo.

No sé dónde están ahora Dick y Louise, pero cada vez que pienso en «ayudantes» y también en los principales momentos de orgullo y triunfo en nuestra familia, me acuerdo de Dick y de Lady Golden desfilando por la calle principal de Oceanside.

La señora Clark va a África

Una radiante tarde de junio dejé a Joan en un avión con destino a África y hasta varios días más tarde no descubrí que la señora Clark también se había ido.

Siempre funciona así. O sea, la que se va es Joan, impecablemente vestida, con su maleta y un libro bajo el brazo. Suele ponerse bastante sentimental y adoptar un aire de niña indefensa.

—Tom —me dijo con una vocecilla asustada cuando nos acercábamos a la puerta de embarque. Se volvió hacia mí para darme un beso de despedida—. Me voy de verdad. Me voy a África de verdad.

Un voluntario del Cuerpo de Paz al que conocíamos de vista porque, igual que Joan, trabajaba para una respetable organización que respondía al nombre de Save the Children Federation, iba a coger el mismo avión. Se volvió a mirar a Joan, que estaba radiante, impecable y guapísima con su chaqueta de safari de color marrón claro y botones negros, y dijo:

—Sí, y parece que es la primera vez.

Y Joan se fue. Pero al cabo de un par de días, resultó que quien se había ido era la señora Clark. Joan es una muchachita con un bronceado permanente que siempre se viste para la ocasión, adora las fiestas, adora a la gente y, sobre todo, adora saber que «voy a ir», como ella dice.

La señora Clark, en cambio, no tiene tiempo para esas tonterías. Ella se ocupa de que cada niño tenga algo que hacer; planifica los pasos a seguir cada vez que alguno de los niños tiene un problema. Los adora a todos y cada uno de ellos. Organiza las vacaciones y excursiones familiares. Le gusta que los chicos lleven el pelo corto y, a la larga, se sale con la suya. Está convencida de que ningún miembro de su familia puede fracasar; y, sin embargo, se muestra comprensiva, sabia, consoladora, astuta y rebosante de buenos consejos cuando algún miembro de la familia sufre una derrota temporal.

Como he dicho, mientras que Joan es casi una niña, la señora Clark es una mujer adulta y sensata. Quiero muchísimo a Joan, pero cuando se fue a África a quien más eché de menos fue a la señora Clark.

«Señora Clark» es el nombre que empezó a usar Tommy para referirse a su madre, pero con el tiempo todos lo adoptamos, porque comprendimos que Tommy había definido las dos caras de Joan.

—Mamá —decía Tommy—, ¿puedo ir al cine?

Dar permiso para ir al cine no es un problema grave. Pero pensemos en un problema grave, como querer cambiar de instituto o apuntarse al equipo de baloncesto, lo cual significa llegar tarde a cenar tres noches por semana.

—Señora Clark —decía Tommy en casos como esos—. Señora Clark, quisiera hablar con usted.

Hablar con la señora Clark siempre vale la pena. Conoce muchos refranes populares y ejemplos actuales. Además, siempre está dispuesta a compartir confidencias, y esas confidencias suscitan a su vez otras confidencias, así que la señora Clark sabe mucho más que yo acerca de los miedos secretos y los deseos de nuestros hijos, de sus problemas y de las cosas que los hacen felices. Los consejos que les da nacen de esa comprensión que aportan las confidencias mutuas.

La señora Clark es también la agente de inteligencia de la familia. En nuestro hogar, si uno de los chicos quiere sacarle dinero a papá, tiene que pedírselo directamente a él, exponer su caso, estar preparado para defenderlo y para aceptar el dinero abiertamente, quizá delante de los demás. Es, en la práctica, una subvención, que se estipula públicamente como tal y que puede ser mencionada en la mesa a la hora de cenar.

Pero la señora Clark, que conoce problemas y dificultades que no deberían mencionarse en voz alta, suele subvencionar de manera encubierta y, como dicen en el sector de la inteligencia, recurre a tal efecto a fondos no declarados, de los que no hay que rendir cuentas públicas, y que nunca jamás deben mencionarse, «ni siquiera a papá».

La señora Clark también es una mujer muy valiente. No le da ningún miedo meter a ocho niños en un coche familiar y cruzar el país, ni volar hasta la India con la esposa del presidente de Estados Unidos después de que el presidente le haya dicho una noche durante la cena que, claro está, puede pagarse el viaje escribiendo un artículo «en una de esas revistas».

A veces, la inmensa confianza en sí misma de la señora Clark se resquebraja y entonces me llama desde algún lugar, cercano o lejano, y de repente se convierte otra vez en Joan. Joan es muy dependiente de mí; por lo tanto, yo me siento superior. Pero la señora Clark adopta un estatus de igualdad. ¿Es la necesidad de demostrarme a mí mismo que también soy superior a la señora Clark lo que evoca el recuerdo de un episodio en que esa metamorfosis se produjo de forma bastante inesperada?

En uno de los viajes por el país, con seis de los ocho, se estropeó la dirección del coche familiar y la señora Clark caminó quince kilómetros por el desierto de Utah hasta que encontró un teléfono. Quince kilómetros bajo el sol abrasador transformaron a la señora Clark en Joan y la dejaron al borde de las lágrimas.

Recuerdo otra llamada de teléfono, que también supuso la culminación de una aventura, aunque en este caso la transformación se produjo a la inversa. La aventura en sí también había implicado una metamorfosis.

Fue Joan quien estuvo de acuerdo con el presidente Kennedy, durante una cena de gala en la Casa

Blanca, en que sería divertido ir a la India con Jackie, pero fue la señora Clark quien se puso de acuerdo con Stewart Alsop para que el *Saturday Evening Post* le pagara el viaje. Fue la señora Clark quien le dijo a Alsop que, lógicamente, escribiría un artículo sobre el viaje para el *Post* en cuanto volviera a casa.

Pero fue Joan la que me llamó desde la embajada de Estados Unidos en Londres un día a las siete de la mañana, justo cuando yo acababa de levantarme en California. Por su voz, parecía desesperada.

—Se acabó el viaje. Salimos hacia Washington dentro de seis horas. Y no tengo nada que escribir. No puedo hacer un refrito de los artículos que he ido enviando al periódico. No sería más que una lista de sitios visitados.

—Habla con Jackie —la aconsejé.

—No he visto a Jackie —me confesó— desde el primer día, excepto de lejos.

Comprendí el problema. Había leído el periódico: Jackie visitando un palacio con Nehru; Jackie visitando un palacio con la hija de Nehru, Indira Gandhi; Jackie y su hermana, Lee Radziwill, agasajadas en una recepción al aire libre; Jackie y Lee a lomos de un elefante... fotografiadas y entrevistadas a una distancia segura y respetuosa por una horda de sudorosos y polvorientos miembros de la «prensa».

Un periodista de internacional, profesional responsable que también había cubierto ese viaje, me contó más tarde que, desde el punto de vista del periodismo serio, el viaje había sido un desastre. Casualmente, dicho periodista de internacional había conseguido acercarse lo bastante a Jackie Kennedy y al primer ministro Nehru para escuchar lo que decían. El servicio secreto había detectado su presencia y lo había enviado rápidamente a la zona de prensa, donde sus amigos se habían apresurado a rodearlo para que les contara cómo había conseguido acercarse tanto y qué había escuchado. «Nehru ha dicho que el monumento era del siglo XIV», les confesó el periodista. «¿Y qué ha dicho Jackie?», preguntaron sus camaradas.

—Me incliné hacia delante —me contó—, disimulé la voz con las manos y murmuré, dirigiéndome a los presentes: «Jackie ha dicho "Ah"».

Me entristecí por Joan. Había pasado del vértigo de una cena de gala en la Casa Blanca y una conversación con John F. Kennedy a la última fila del avión de la prensa: del estatus de noticia de actualidad en tanto que «amiga que acompaña a la primera dama en este viaje» a ser una simple periodista con la ropa sucia y los zapatos manchados de polvo. De la emoción de tener un viaje a la India pagado por el *Saturday Evening Post*, a la abrumadora constatación de que no tenía nada que contar acerca del viaje, a no ser los artículos enviados por cable tres semanas antes.

Pensé en las fotos que Joan había enviado a casa por correo aéreo: carretes de película de una cámara que había pedido prestada en nuestro periódico. Los periódicos modestos no tienen cámaras con objetivos telescópicos, pero de todos modos Joan había hecho montones de fotos en cada una de las etapas del viaje de Jackie Kennedy. Y los profesionales de la prensa, según me había contado la propia Joan, se habían apiadado de ella porque llevaba una cámara no profesional, y le habían permitido ponerse en primera línea.

Revelamos las fotos en el despacho. De haber tenido a mano una lente de muchos aumentos y haberla acercado a las imágenes, tal vez hubiéramos podido convencernos a nosotros mismos de que aquellas minúsculas figuras que se veían a lo lejos, entre los barrotes de hierro que por lo general ocupaban el primer plano, eran el primer ministro de la India y la esposa del presidente de los Estados Unidos. Pero aquellas fotografías no servían para publicarlas en el periódico.

Joan se había esforzado mucho por conseguir

aquellas imágenes. Y se había emocionado mucho al saber que «iba a ir». De repente, me sentí triste y dolido.

—No lo sé —le dije—. Sinceramente, Joan, soy incapaz de decirte qué debes hacer.

Es posible que mi patética respuesta y la aceptación de mi impotencia revitalizaran en mi esposa esa chispa que Tommy define como señora Clark.

En cualquier caso, adoptó de inmediato una voz firme.

—Hay algo que sí puedo hacer —dijo—. Puedo escribirle una nota a Jackie para explicarle el problema y pedirle a David que se la entregue.

—¿David? —pregunté—. ¿Qué David?

—David Bruce —dijo ella.

Veamos, David Bruce era nuestro embajador en el Reino Unido. Yo lo conocía tanto como el ciudadano anónimo puede conocer a su senador o como el mecánico del taller del barrio puede conocer al presidente de General Motors. Durante la guerra, David Bruce había sido el coronel Bruce, segundo al mando en la Oficina de Servicios Estratégicos, así que en cierto modo yo podía decir que había estado a sus órdenes, aunque él no fuera consciente de ese detalle. Después de la guerra, David Bruce había sido uno de los impulsores del Plan Marshall, además de embajador en Francia, en el Reino Unido y en Alemania, y yo había trabajado con él... por decirlo de alguna manera.

Así que sí, lo conocía. De hecho, me había alojado una noche en su residencia de París y por la mañana había desayunado con él. Lo admiraba. Me caía bien. Pero jamás se me habría ocurrido pedirle que entregara una nota en mi nombre del mismo modo que, en aquellos tiempos de guerra, jamás se me habría ocurrido acercarme a él, darle una palmadita en la espalda y tutearlo.

—Si David entregara la nota, seguro que a Jackie le llegaría y la leería.

¿Era eso lo que había dicho Joan?

Me opuse.

—No puedes pedirle que haga eso —contesté.

Pero la señora Clark había asumido el control de la situación.

—No seas tonto —dijo—. No le importará en absoluto. Estoy segura de que no le importará. Sí, eso es exactamente lo que voy a hacer.

Y eso fue exactamente lo que hizo. Si Joan hubiera enviado la nota en su propio nombre, puede que Jackie la hubiera recibido y puede que no. Pero está claro que el embajador Bruce envió la nota y que Jackie la recibió.

Joan y Jackie se sentaron juntas en el avión, a la vuelta desde Inglaterra, y charlaron sobre el viaje. Después de esa charla, Joan lo escribió todo. Ya de regreso a Washington, el mismísimo presidente revisó el texto y añadió, de su propio puño y letra, una sugerencia respecto a la doncella de Jackie Kennedy, Pruvie.

Alsop se echó a reír cuando vio la nota al margen del presidente. «Escribid algo bonito sobre Pruvie», decía.

—Ah, el viejo *Post* —comentó Alsop—, el instrumento elegido para arreglar las relaciones con el personal de la Casa Blanca. Bueno, supongo que hay peores misiones para reporteros y periódicos.

Como he dicho, a veces la confianza en sí misma de la señora Clark se resquebraja y, cuando eso ocurre, la señora Clark sencillamente deja de existir y vuelve a aparecer una Joan pequeña y vulnerable que solo quiere que la cuiden.

Los momentos en los que Joan va a ser Joan y los momentos en los que va a ser la señora Clark son fáciles de anticipar. Cualquier accidente o desafío exterior para la familia o para cualquiera de sus miembros suele sacar a la señora Clark a primer plano. Una vez resuelto con éxito el desafío, la señora Clark se convierte de nuevo en Joan.

El motivo por el que yo necesitaba a la señora Clark durante el verano en que Joan se fue a África era el extraño comportamiento de Mary. Apenas había partido Joan para su largo viaje cuando reparé en que la mayor de mis hijas se comportaba de una forma digamos extraña.

—¿Dónde está Mary? —pregunté cuando nos sentamos a cenar, la primera noche tras las marcha de Joan.

—Arriba —respondió Nicholas—, mirando la pared.

Arqueé una ceja y miré a Joannie.

—Es verdad, papá. ¿No te has dado cuenta? Mary está ida.

Comentamos esa cuestión durante la cena, en voz baja y con ciertos reparos, y Joannie explicó qué quería decir con «ida».

—Quiero decir que si le dices a Mary... bueno, en realidad da igual lo que le digas, pero si por ejemplo le dices «Eso ocurrió durante la guerra árabe-israelí», o si le dices «¿Has visto la escoba?», Mary se queda callada un buen rato y luego dice: «¿Qué significa guerra árabe-israelí? ¿Qué es la guerra árabe-israelí?». O dice: «¿Escoba? ¿Qué quiere decir escoba?».

Confesé que no había notado ese comportamiento y me mostré bastante incrédulo. Pero al día siguiente, cuando Mary y yo íbamos en coche al centro para no sé qué recado que debíamos hacer juntos, cogí unos cuantos semáforos en rojo.

—Todos los semáforos en rojo —comenté, por decir algo.

Mary no respondió. Y luego, unos dos minutos más tarde, dijo:

—¿Por qué, papá? ¿Yo también soy un semáforo en rojo?

Lo dijo con voz apagada e inexpresiva.

—Mary, será mejor que te vea un médico —le sugerí.

—Papá, ya me está viendo un médico —me respondió ella.

Resultó que en realidad eran tres o cuatro. Al parecer, Mary estaba visitando a todos los psiquiatras de la ciudad, para decidir cuál le gustaba más. Lo descubrí aquella misma tarde, cuando uno de esos doctores llamó para preguntar por qué mi hija no había acudido a la visita que tenía programada.

Comprendí que Mary estaba pidiendo ayuda a gritos, así que me preocupé e incluso me asusté un poco. No sé nada de psiquiatría ni de psiquiatras, pero era evidente que algo iba mal. Mary me contó que aquella tarde iba a ver a otro psiquiatra y decidí acompañarla.

El psiquiatra en cuestión parecía un médico normal y corriente, con la típica bata blanca. También parecía muy seguro de sí mismo. Después de hablar en privado con Mary durante unos diez minutos, me hizo pasar desde la sala de espera y fue directo al grano.

—Hay que ingresar de inmediato a su hija —me dijo—. Está agotada y al borde de lo que ustedes los profanos llaman «una crisis nerviosa». Puede que lleve mucho tiempo encontrar los motivos de su estado, señor Braden, pero en el hospital podemos empezar a trabajar. Le reservaré una habitación esta misma tarde. Será mejor que vaya usted a casa a buscar las cosas que pueda necesitar su hija.

Me quedé mirando los diplomas que colgaban de la pared.

—Bueno —respondí—, si es lo mejor...

Pero Mary no creía que fuera lo mejor. Cuando el doctor la hizo pasar desde la sala de espera para hablar los tres, se puso de pie delante de la mesa y luego dio un paso hacia la puerta. Le vi una mirada de animal acorralado y, durante un segundo, creí que se disponía a huir.

—No quiero ir a ningún hospital —le dijo al médico. Y luego, volviéndose hacia mí—: Papá,

¿por qué me haces esto? Sabes que no quiero ir al hospital. Papá, no pienso ir al hospital.

—Estoy seguro de que tu padre piensa como yo —oí decir al médico.

—Mary —le respondí, tratando de mostrarme optimista—, si quieres te traigo ese primer volumen de H. G. Wells que estabas leyendo. Te lo acabarás en un par de días. Y será divertido, además de relajante, estar lejos de tus hermanos y hermanas.

—No, papá. No pienso ir a ningún hospital.

El doctor me hizo pasar a su despacho privado mientras Mary esperaba.

—Mire —me explicó, después de cerrar la puerta—. Esto podría ser grave. Es evidente que a su hija le ocurre algo. Debe llevarla enseguida a un hospital. De lo contrario, no me hago responsable.

No entendí qué quería decir con lo de «no me hago responsable», pero aquellas palabras me asustaron. En aquel momento me fijé por primera vez en el cuidado bigotillo del psiquiatra. Lo hacía parecer aún más categórico. Deseé poder hablar con la señora Clark, que por entonces debía de estar, pensé, en el Alto Volta.

—No sé —le respondí—, ¿cómo voy a ingresarla en un hospital si ella no quiere?

—¿Ha celebrado usted alguna vez una asamblea familiar? —me preguntó—. Si todos sus hermanos y hermanas le dicen que lo mejor que puede hacer es ir a un hospital, ¿ayudaría? Yo siempre he creído que las asambleas familiares son de gran apoyo.

—Puede ser —dije—. Lo intentaré.

—Hágalo. Creo que usted también se dará cuenta de que son de gran apoyo.

Mary y yo volvimos a casa en silencio. Mary se fue arriba nada más llegar y yo me fui a mi estudio, coloqué los pies sobre la mesa, al lado de la máquina de escribir, y me quedé mirando la pared.

De repente, se abrió la puerta del estudio.

Era Elizabeth. Acercó mucho la cara a la mía, sacudió con furia su melena pelirroja y me observó con sus ojos azules entornados.

—Papá —dijo—, ¿vas a enviar a Mary a un hospital? Te digo una cosa, papá: no vas a enviar a Mary a ningún hospital. Se escapará de casa antes de permitir que la envíes a un hospital y yo me escaparé con ella.

—Elizabeth —dije, mientras bajaba los pies de la mesa y me mostraba firme ante aquel ataque—, no sabes nada del tema. No sabes lo que ha dicho el médico. No sabes cuáles son los peligros. No has hablado conmigo.

—No quiero hablar contigo. No me hace falta hablar contigo. Ya he hablado con Mary.

Salió hecha una furia del estudio, se dirigió a la puerta y la vi alejarse a toda prisa calle abajo, indignada ante la injusticia que era la causa de su padre.

Y así terminó la idea de una asamblea familiar. Me pregunté cómo sería la familia del médico y cómo imaginaba él una de esas asambleas familiares. ¿Incluiría una Biblia? ¿Permanecería todo el mundo en silencio hasta que hablara el padre? ¿Escucharían los niños con los ojos abiertos y asistirían convencidos, como si el padre hubiera expresado lo que ellos mismos pensaban? ¿Habría una madre? ¿Estaría allí sentada, con sus labores? ¿O en el Alto Volta?

Pensé de nuevo en la señora Clark. Joan no querría que Mary fuera a un hospital, pero la señora Clark quizá sí. Por otro lado, la señora Clark quizá dijera: «Mary se viene conmigo y nos vamos las dos a alguna playa y allí charlaremos tranquilamente, sin necesidad de ningún hospital». La señora Clark quizá dijera: «Se va a poner bien porque yo me voy a encargar de que así sea».

Pero... ¿qué podía hacer yo sin la señora Clark? No podía irme a la playa con Mary. Tenía que escribir una columna y participar en un programa de televisión. La advertencia del doctor era aterradora. ¿Hasta dónde podían saber los psiquiatras?

No poseía ninguna experiencia objetiva para hacerme una idea. Sí, había visto los títulos que tenía colgados en la pared. Licenciado en medicina por la Universidad de Búfalo y en psiquiatría por la de Columbia. Sabía mucho más que yo, claro. Bueno, dado que Elizabeth se había marchado, quizá aún fuera posible celebrar una asamblea familiar.

Era domingo por la tarde. Nancy se había marchado finalmente a Alaska con el medio novio. David, Susan, Tommy y Nicky se habían ido de pesca. Esperé hasta que volvieron y les dije a David y a Susan que quería hablar con ellos. Tommy y Nicky recelaron de inmediato y se quedaron junto a la puerta.

Nos sentamos en el despacho y empecé a relatarles lo que había descubierto aquel día.

—Mary —dije, a mitad de mi relato— ha estado viendo a varios psiquiatras, al parecer. Los visita una vez, pide hora para una segunda visita y no se presenta.

Estaba a punto de explicarles que ese patrón me había impulsado a acompañarla aquella tarde a una consulta con uno de los médicos, pero David me interrumpió.

—Me parece bien —dijo—. Hay que ir a muchos psiquiatras para encontrar a uno que no quiera enviarte de inmediato al hospital.

Se me ocurrió entonces que, en esencia, el planteamiento de David era que si alguien necesitaba un psiquiatra no era Mary, sino su padre; no era él, sino su madre. Todos los convencionalismos preocupan a David. Todo hombre que lleve corbata, chaqueta y el pelo corto necesita, obviamente, ayuda.

—David —le dije—, la cosa es grave. Hemos ido a un médico. Y el médico recomienda encarecidamente que Mary ingrese de inmediato en un hospital. Yo creo que hay que seguir los consejos de los médicos. Y ahora, ¿queréis ayudarme?

—Es lo que te he dicho —respondió David—. ¿No es justo lo que te acabo de decir? Mary debería ir al hospital si ella quiere ir al hospital. Yo mismo se lo diré. Pero no le diré que vaya solo porque no sé qué psiquiatra ha dicho que tiene que ir.

Llamé al psiquiatra y le dije que no le reservara habitación en el hospital.

Pero... ¿qué iba a ser de Mary, aquella muchacha intensa y hermosa de sonrisa radiante y notas que le garantizaban la entrada en Phi Beta Kappa? ¿Qué iba a ser de aquella muchacha que quería destacar en todo y que siempre lo había conseguido?

¿La había presionado en exceso? Recuerdo que en una ocasión le dije que tenía que divertirse más. Porque no era bueno ir a una universidad y no saber siquiera si tenía equipo de fútbol. Le dije que estudiaba demasiado, pero... ¿hice algo alguna vez para asegurarme de que se divirtiera? La botella de vino que Mary me había traído de California... Yo la había guardado y le había prometido que algún día iríamos de picnic ella y yo solos y nos la beberíamos. Eso fue hace tres años. Y la botella de vino... sé perfectamente que sigue en la bodega.

No lo bastante. Eso es lo que ocurrió con Mary, que no hice lo bastante. ¿Qué debería hacer en ese momento? Deseé que la señora Clark volviera a casa.

La autocompasión suele transformarse en rabia, como he podido constatar con frecuencia cuando Joan está de viaje. Pero en esa ocasión, me pareció, estaba más que justificado. «Pero... ¿qué narices —me preguntaba, a medida que iban transcurriendo las semanas— se cree que hace, paseando despreocupadamente por el Alto Volta, sin duda sonriendo a los nativos, mientras yo estoy aquí con un montón de criaturas, una de las cuales padece una enfermedad que ni siquiera entiendo?».

Despreocupación. Es una palabra que me resulta útil cuando estoy enfadado con mi esposa, pues es verdad que ella contempla el mundo con una expresión despreocupada. Sentadla a cenar con un hombre famoso por ser parco en palabras y no tardaréis en observar entre ambos la más alegre y animada de las conversaciones. Es amable con los antipáticos, dulce con los iracundos. Sonríe a todo el mundo en la calle y da las gracias a los perplejos ascensoristas que dejan salir a las multitudes en la hora punta.

—Esa jovencita pecosa —me comentó Jackie Kennedy en una ocasión—, hace de todo y va a todas partes y Jack y Bobby siempre le están pidiendo su opinión y encima tiene seis [así era en aquella época] hijos. Dime, Tom, ¿por qué es tan especial?

—Bueno, Jackie, te voy a decir por qué es tan especial. Porque es despreocupada. Eso es lo que tiene de especial y ese es el motivo de que siempre esté tan alegre. Lo que necesita es alguien que la zarandee y le diga que la vida es real y que la vida hay que tomársela en serio y que ya vale de tanto sonreír.

No se lo dije a Jackie en persona. Se lo dije cuando estaba solo en mi habitación la noche después de que Mary se comportara de manera extraña, de que la asamblea familiar fracasara y de que el médico cancelara la habitación en el hospital, todo eso mientras Joan estaba en el Alto Volta.

Poco antes de que Joan volviera a casa desde el Alto Volta, Mary encontró a un psiquiatra muy joven y muy melenudo que, en lugar de bata blanca, vestía un suéter con un agujero en la manga y que en lugar de bigotillo lucía barba. Pero yo seguía molesto con Joan y la verdad es que no se me pasó del todo hasta el último Día del Trabajo.

Cuando me desperté aquella mañana, Mary estaba como de costumbre sentada a los pies de la cama, esperando para hablar con su madre. En cuanto Joan volvió del Alto Volta, inició una serie de conversaciones con Mary. Empezaban todas las mañanas en cuanto nos despertábamos y parecían interminables.

Yo me afeitaba y me vestía y, al volver a la habitación, escuchaba a Mary decir:

—¿Crees que papá....?

—¿Crees que papá qué? —la interrumpía yo.

—Calma, Tom —me decía entonces Joan—. Mary y yo estamos hablando.

Así que el Día del Trabajo, allí estaba Mary otra vez, sentada a los pies de la cama esperando. Yo tenía la sensación de que el carácter de Mary estaba cambiando. De participante a observadora, de líder a seguidora, de activa a pasiva. De repente, se había vuelto miedosa, tímida, insegura. Y, sobre todo, se había vuelto silenciosa. Pasaban días enteros sin que pronunciara una palabra, excepto en las conversaciones con su madre. Los psiquiatras no hablan con los padres. La señora Clark tampoco contaba gran cosa. Y yo estaba preocupado.

Así que ese día me levanté de la cama y me dirigí al cuarto de baño para afeitarme. Joannie entró en ese momento en la habitación, llorando.

—Mamá, no puedo decirles a dos compañeras de habitación que me voy. No es justo.

Joannie se había metido en un lío económico. Había alquilado una habitación fuera del campus de la universidad y no tenía los doscientos ochenta dólares que le hacían falta.

La señora Clark se mantuvo firme.

—Si no tienes el dinero, eso es justo lo que debes hacer.

Compadecí a Joan. Es difícil decirle «no» a alguien que, durante todo el verano, ha llenado la casa de alegría y felicidad, que ha plantado flores y las ha cuidado y, por la mañana, las ha traído con un sonrisa entusiasmada mientras decía «¡Mira!».

Y es difícil darle la espalda a alguien que se ha dedicado a buscar hierbas y que ha recorrido todo el pueblo en busca de cereales integrales y que se ha divertido preparando «comidas sanas». Y aún es más difícil si ese alguien está llorando.

Pero la señora Clark tenía razón. Joannie podía haberse ganado el dinero durante el verano y no lo había hecho. Así que...

Terminé de afeitarme y entré de nuevo en la habitación. Mary seguía allí y Tommy saltaba en la cama, cosa que hacía peligrar el café de Joan.

—Cuidado, Tommy, con cuidado.

Elizabeth entró haciendo ruedas, ruedas preciosas con las piernas completamente rectas en lo alto del círculo y su melena pelirroja arrastrando por el suelo. Joannie seguía llorando en silencio, Mary esperando y Tommy saltando. Y, entonces, la señora Clarke le dijo a Elizabeth:

—He llamado al instituto y están dispuestos a readmitirte.

Todo el mundo se quedó inmóvil. Todo el mundo sabía que a Elizabeth la habían expulsado por «posesión» y todo el mundo sentía interés y creía que se había cometido una injusticia con Elizabeth.

Yo no estaba seguro de que se hubiera cometido una injusticia. Digamos que «consideraba» que se había cometido una injusticia, en parte por lealtad hacia Elizabeth y en parte, como le dije al director del instituto cuando me llamó, porque no tenía forma de demostrar si Elizabeth había metido la pata o si se había cometido una injusticia con ella.

Elizabeth había pasado una bolsita de marihuana de una chica a otra en la escalera del instituto y, cuando la habían abordado, había afirmado que no sabía qué había en la bolsita.

En ese momento entró en tromba Nicholas, vestido con su pijama rojo. Joan le hizo sitio bajo las mantas.

—Bueno, ya estamos todos.

Y, de repente, se convirtió de nuevo en la señora Clark.

—Le he dicho al director —le dijo a Elizabeth— que no le veía sentido a castigarte por haberte saltado las normas porque, obviamente, ahora ya sabes qué ocurre cuando te saltas las normas.

Punto a favor de la señora Clark. Le había recordado a Elizabeth para qué servían las normas sin acusarla de habérselas saltado. Había advertido a Elizabeth bajo el pretexto de defenderla.

Bajé a la cocina para prepararme un huevo cocido. Al fin y al cabo, Joan tenía mucho de qué hablar. Allí estaba, con cinco chicos en su habitación, tres de ellos con un problema distinto: económico, psicológico y disciplinario. El cuarto utilizaba su colchón como cama elástica y el quinto solo quería mimitos. Por extraño que pareciera, el teléfono no había sonado aún. Por lo general suena y Joan responde alegremente, como si lo que más echara de menos en este mundo fuera una oferta de compañía humana.

Pero era el Día del Trabajo y la gente no hacía las cosas habituales. Susan, por ejemplo. Había salido temprano a pescar y, cuando volvió, se sentó a la mesa mientras yo me comía mi huevo.

—¿Qué pasa? —le pregunté, como quien no quiere la cosa.

—Thoreau —me respondió ella—. Thoreau y la desobediencia civil. Tengo que escribir un trabajo antes de volver a la facultad. La inviolabilidad del espíritu humano: el estado puede adueñarse de nuestro cuerpo, pero no puede tocar nuestra mente. ¿Lo entiendes?

Y justo cuando estaba a punto de decir «Sí, lo entiendo», una voz me interrumpió. Una voz agradable, pero al mismo tiempo firme.

—Tonterías —dijo la voz—. Si eso es lo que has entendido, lo has entendido mal. Thoreau era un romántico. Lee a Orwell. Lee *1984*. Cuando el estado colocó las ratas frente al rostro del hombre, el estado se adueñó de su mente.

Susan y yo nos volvimos hacia el lugar del cual procedía la voz. Mary estaba de pie junto a la puerta.

No dije nada. Tampoco recuerdo que Susan dijera nada. Lo que sí recuerdo es que miré a Susan, ella me miró a mí y los dos nos quedamos boquiabiertos.

Me dirigí entonces al pie de la escalera y llamé a la señora Clark.

—Joan —dije—, ¿qué te parece si tú y yo salimos a cenar esta noche?

Despreocupación. Esa es la palabra. Me sentí absolutamente despreocupado.

Que Dios nos ayude

Un invierno, la pequeña Joannie y yo adoptamos la costumbre de asistir a las reuniones de los cuáqueros los domingos por la mañana. Joannie se había dedicado a recorrer las iglesias locales y había decidido que los cuáqueros, también llamados Amigos, eran los mejores porque, de vez en cuando, alguno de los asistentes se sentía bastante emocionado para pronunciar unas cuantas palabras y porque lo que decían era, por lo general, sensato e interesante. Nada de sermones.

Dejamos de ir a las reuniones debido a que uno de esos domingos se produjo un incidente que tanto a mí como a Joannie nos pareció, por utilizar la expresión de mi hija, «una bobada».

Era el primer domingo después de la «incursión» de Nixon en Camboya y, durante la meditación, una mujer que vestía un largo chal gris tejido a mano se puso en pie para proponer que los presentes reflexionaran sobre la devastación y las muertes que dicha incursión había causado. Yo llevaba ya varios días dándole vueltas al término «incursión», un nuevo eufemismo del lenguaje político que, en mi opinión, merecía formar parte de la lista de George Orwell de frases y palabras usadas para defender lo indefendible: «traslado de población», «pacificación».

«Las palabras de origen latino –escribió Orwell– se refieren a las cosas como si fueran nieve virgen, desdibujan los contornos y ocultan los detalles. Millones de campesinos son desposeídos de sus granjas y se ven obligados a avanzar pesadamente por caminos con lo poco que pueden llevar. Y a eso se le llama rectificación de fronteras».

«Incursión», estaba pensando yo, cuando la mujer del chal habló. Lo hizo en un tono limpio y quirúrgico, como si estuviera diciendo «No te muevas. Vas a notar un pinchacito de nada». Nadie que escuchara la palabra «incursión» imaginaba el polvo y la devastación, los tanques que pisoteaban las cabañas de paja, o los bombardeos de personas inocentes.

Pero en cuanto la mujer del chal guardó silencio, un grupo de personas sentadas en la primera fila se levantaron, indignadas, y se marcharon. Unas de esas personas, un hombre alto que llevaba un abrigo largo y, por lo que pude ver, también chaleco y cadena, hizo un comentario en voz alta:

—La política profana el templo.

Los que se quedaron estaban, al parecer, del lado de los críticos. El silencio se volvió repentinamente incómodo y la mujer del chal me pareció muy sola.

En silencio, Joannie y yo nos pusimos de su parte. ¿De qué servía Dios, reflexionamos durante el camino de vuelta a casa, si no se podía acudir a él cuando surgían problemas? ¿Y qué más daba que los problemas fueran políticos, mientras afectaran también a las personas?

La única limitación a la hora de rezar, comentó Joannie mientras volvíamos a casa, debería ser la prueba de humanidad. Es decir, que no se debería permitir a nadie rezar por la brutalidad, la crueldad o la insensibilidad.

Le dije a Joannie que yo añadiría también la prueba de sinceridad y le conté entonces la historia de mi tío Ray, que venía a nuestra casa una vez al año cuando mi padre y sus hermanos celebraban una reunión en nuestro salón.

El motivo por el que venían a nuestro pueblo era que dos de los hermanos vivían allí: mi padre y mi tío Baird, que era pastor de la Primera Iglesia Baptista. Y el motivo por el que se reunían en nuestra casa y no en la del tío Baird era que todos los hermanos, excepto mi padre, eran pastores de distintas confesiones, de modo que el hogar de mi padre era una especie de territorio neutral. El tío Baird, que era el mayor de los hermanos, siempre insistía en guiar a los demás en la oración durante esas reuniones anuales, cosa que incomodaba una y otra vez a mi padre.

Pero para el tío Baird era importante, así que mi padre también rezaba. Mi madre bajaba las persianas para que la habitación estuviera en penumbra y corría la cortina que separaba el salón del comedor. Aunque a mí no se me permitía asistir a las reuniones, sabía que estaban allí arrodillados y oía rezar al tío Baird. Por algún motivo, compartía la incomodidad de mi padre y, de no haber sido por mi altísimo tío Ray, pastor presbiteriano de Oklahoma, aún seguiría sintiéndome incómodo y, sin duda, no habría podido contarle la historia a Joan.

Pero el tío Ray tenía calado a su hermano mayor y recuerdo que cuando terminaban el encuentro, y después de que mamá volviera a abrir la cortina, el tío Ray levantaba la mano derecha, miraba directamente a mi padre y decía:

—Hermanos, demos gracias al Señor por habernos dado la oportunidad de reunirnos una vez más y salgamos al mundo a trabajar en la obra de Señor, cada uno a nuestra manera y Baird a la suya.

A mi padre le encantaba aquella vieja historia y solía contarla incluso mucho después de que el tío Baird hubiera muerto. Pero creo que ese recuerdo es uno de los motivos por lo que en nuestra casa nunca hemos rezado en público: los únicos momentos en los que mencionamos el nombre de Dios en voz alta es cuando necesitamos su ayuda de forma urgente.

—Papá, papá —recuerdo que gritó Nancy en una ocasión—. ¡Ven, rápido! ¡Es Joannie!

Le había dicho a Joannie que no subiera al tejado para tomar el sol, pero no tenía ni idea de que en el tejado hubiera una claraboya, porque de haberlo sabido aún le habría insistido más. La claraboya era vieja y el cristal no estaba reforzado: vi a Joannie con la mitad del cuerpo fuera de la claraboya y las piernas ensangrentadas y llenas de cortes.

Puede que mi rápida reacción ayudara, y la fuerza de mis brazos y el hecho de saber llegar al hospital y las toallas que usamos para detener la hemorragia. Pero creo que el hecho de repetir una vez y otra y otra «Oh, Dios, por favor. Oh, Dios, por favor» también ayudó, porque esa fue una de las cosas que hice. Y supongo que todo lo que hice fue correcto, pues Joannie se recuperó. Las cicatrices que le quedaron no son demasiado feas y puede que algún día desaparezcan del todo.

—¿Eso es una marsopa? —le pregunté a Joan en una ocasión, mientras paseábamos por la playa.

Había visto algo a lo lejos, en la orilla. Justo delante, me fijé, de nuestra casa. Joan no lo veía.

—Mira —dije, señalando—, las olas arrastran algo junto a la orilla y parece una cría de marsopa, aunque... —Y entonces, exclamé—: ¡Dios! ¡Es un camisón blanco! ¡Es Nancy!

Cerca del agua, donde la arena mojada es más compacta, la playa de Oceanside era un buen sitio para correr y yo corrí lo más rápido que pude, que en aquella época era bastante rápido. Y todo el rato, mientras corría, una frase me daba vueltas y más vueltas en la cabeza: «Por favor, Dios». No tengo la menor duda de que fue Dios quien salvó a Nancy.

Desde luego, yo no la salvé. Al parecer ya llevaba un rato dando tumbos entre las olas cuando yo llegué y si una niña de un año que entra en el mar sobrevive, a mí me parece que eso solo puede ser obra de Dios.

Y lo mismo sirve para niños de cuatro años en transitadas autovías. Habíamos cogido dos coches para volver del lago Tahoe y yo llevaba el segundo, cargado hasta los topes con todos los trastos necesarios para unas vacaciones familiares de dos semanas. David iba conmigo, pero Joan y los más pequeños iban por delante. Nos llevaban una ventaja de cuatro o cinco kilómetros, calculé, pues habían salido antes después de la última vez que habíamos parado a poner gasolina.

Había sido un trayecto largo, caluroso y silencioso por solitarios parajes, pero a medida que nos íbamos acercando a Riverside en plena hora punta, el tráfico aumentó y aparecieron camiones, camionetas y turismos que llenaban los tres carriles y circulaban a la velocidad máxima permitida, 110 kilómetros por hora. De repente, los coches aminoraron la marcha, se oyó un frenazo y el conductor del enorme camión que iba delante de mí me hizo señales con las luces de freno y sacó una mano por la ventanilla para avisarme de que parara.

Avanzamos con más lentitud –el camión delante de mí– y llegamos al escenario de lo que fuera que estaba provocando largas colas. Y entonces vi un vestido amarillo: de pie en la línea del arcén estaba Joan, rodeada de nuestros hijos. Tenían todos una mirada aterrorizada y Joan sostenía entre los brazos un cuerpo ensangrentado.

Bajé del coche de un salto y vi que el cuerpo ensangrentado era Nicholas. Un hombre que parecía mexicano y conducía un semirremolque gritaba en ese momento las indicaciones para llegar al hospital. Lo miré, impotente y perplejo, y me dijo que lo siguiera.

Empecé a dar órdenes. David, al volante del primer coche. Todo el mundo a casa en aquel coche. Joan, yo, el cuerpo ensangrentado y Elizabeth –a quien David había olvidado en mitad de la confusión– apretujada entre los trastos, salimos de la autovía detrás del semirremolque y lo seguimos hasta el hospital.

Solo entonces me di cuenta de que el cuerpo ensangrentado gritaba a voz en cuello:

–¡Oh, Dios, ayúdame!

Lo gritaba una y otra vez, sin descanso. «Entonces, se va a poner bien», recé para mis adentros. Y supongo que Dios se lo dijo también a él... justo a tiempo.

Joan iba conduciendo a ciento diez kilómetros por hora y, al ver que apenas faltaba una hora para llegar a casa, les había dicho a Nicky y a Tommy que limpiaran un poco el asiento trasero. Los envoltorios de chicles y demás residuos esparcidos por el suelo había que meterlos en los ceniceros que estaban junto a la maneta interior de las puertas. La puerta se abrió (era una de esas puertas traseras de apertura inversa, es decir, en sentido contrario al viento). Nicholas quedó colgando un segundo y luego desapareció.

Uno de los niños me contó más tarde que salió rodando, delante de camiones y coches que circulaban a toda velocidad: desde el carril izquierdo, había cruzado rodando los otros dos carriles y había ido a parar a las zarzas que crecían en el arcén de la autopista.

Solo un niño de cuatro años podría haber hecho algo así sin romperse ningún hueso y hasta un niño de cuatro años habría acabado bajo las ruedas de algún vehículo de no haber sido por Dios.

Nicholas tenía la piel despellejada en todo el cuerpo, pero por lo demás no le pasaba nada grave.

Hacia las cuatro de la madrugada, dejó de gritar «¡Oh, Dios, ayúdame!» y se quedó dormido. Aquella misma mañana seguimos nuestro camino, muy despacio y sin dejar de maravillarnos y dar gracias.

Nicholas parece propenso a los accidentes. Cuando tenía dos años, una chica a la que Joan había contratado para que nos «ayudara» lo dejó en la bañera con el grifo del agua caliente abierto y se fue a coger el teléfono. La llamada debió de alargarse bastante, porque cuando volvió, Nicholas estaba escaldado. Mary, que lo tenía en brazos mientras llamaba a la consulta del doctor Harvey, se dio cuenta de que la piel se le caía a tiras.

Creo que quien le salvó la vida en aquella ocasión a Nicholas fue Stub Harvey, porque dejó lo que estaba haciendo en su consulta, recogió a Nicholas en la puerta de casa y ya lo estaba tratando en el hospital antes de que Joan y yo tuviéramos tiempo de llegar.

Pero tal vez fuera Dios el responsable del pacto tácito de amistad que existía entre Stub Harvey y yo, gracias al cual él siempre estaba preparado y listo para echar a correr.

Y, sin duda, fue Dios quien le salvó la vista a Nicholas aquella vez que le dieron un golpe en la cabeza con un bate de béisbol. Yo estaba cortando el césped: lo cogí en brazos y lo llevé al hospital. Le sangraban los ojos. Por mucho que le doliera, sin embargo, se negó a contarme la verdad acerca de lo ocurrido.

—Me he caído —dijo.

—¿Te has caído —le dije— y te has dado en los ojos?

—Sí —dijo Nicholas.

A día de hoy, Nicholas sigue manteniendo en secreto el nombre del niño que lo golpeó accidentalmente con el bate de béisbol. El médico dijo que tenía un cincuenta por ciento de posibilidades de perder la vista en ambos ojos, pero que solo lo sabría después de que Nicholas pasara dos semanas en cama con los ojos vendados. Y Nicholas captó el mensaje, pese a que por entonces solo tenía ocho años.

Aquella tarde, antes de que le pusieran los vendajes, se dedicó a pasear por la casa y por el jardín. Lo observaba todo con el ojo que estaba mejor.

—Así lo recordaré —dijo. Y luego, una vez más—: ¡Oh, Dios, ayúdame!

Los demás lloramos un poquito y rezamos para que Dios lo ayudara.

Y siempre lo ha hecho. Es probable que yo desconozca algunas de las cosas que ha hecho por nuestra familia. No puedo estar seguro de ello, pero la lógica me dice que los niños mayores también se han metido en líos e historias peliagudas que nunca han contado a nadie, excepto a Dios.

Ocho niños son muchos para criarlos sin la ayuda de Dios, pero Dios debe de sentirse un poco agobiado a veces, al escuchar nuestros gritos. Me pregunto si esas historias peliagudas son la prueba de que Dios también cree que con ocho basta.

Un padre no puede dimitir

Cuando Joan y yo volvimos del cine ayer por la noche, nos encontramos una enorme caca de perro en la alfombra del recibidor. Y cuando Joan subió a nuestro dormitorio, con un cansino suspiro de resignación, se encontró otra delante de la puerta. Mientras, yo entré en la cocina para apagar las luces: la basura me llegaba prácticamente a los tobillos.

—A ver, lo voy a explicar muy claramente. La basura va en esa enorme bolsa verde de plástico que está debajo del fregadero y, cada noche, hay que sacar a la calle la enorme bolsa verde, meterla en el contenedor y cerrar bien la tapa.

»Tú lo sabes, ¿verdad? Déjame que te recuerde por qué lo sabes. Lo sabes porque sabes que si dejamos la basura en la cocina y alguien deja entrar a uno de los perros en casa, el perro destrozará la enorme bolsa verde de plástico y esparcirá por el suelo los papeles, las mondas y las latas.

»Los dos lo sabemos, ¿verdad? Entonces, ¿alguien puede explicarme por qué nuestros hijos no lo saben? ¿Y por qué tengo que ser yo quien se encargue de limpiar todo ese puñetero desastre?

Un discurso parecido –en realidad, creo que fue exactamente ese discurso– fue el que le solté anoche a Joan y, al terminarlo, una idea me asaltó de golpe y tomé una decisión antes de que Joan pudiera intervenir.

–Pues esta vez –dije–, te juro que no voy a ser yo el que se encargue de limpiar todo ese puñetero desastre.

Y, tras esas palabras, me fui arriba, desperté por separado a cada niño o niña dormida y los puse a trabajar a todos.

Hubo, lógicamente, protestas, sobre todo de parte de Tommy y Nicky: los dos manifestaron su convicción de que el perro responsable –hubiera sido el que hubiera sido– no era el suyo.

–La culpa no es mía –dijo Nicky.

–Mi perro no ha sido –dijo Tommy.

A Nancy costó más despertarla y, cuando finalmente llegó al recibidor, dijo que yo me había vuelto loco. Mary y Elizabeth, sin decirlo abiertamente, insinuaron que estaban de acuerdo con ella. Cuando todos terminaron de expresar su opinión, las cacas de perro habían desaparecido y la cocina estaba recogida.

Lo habían hecho todo en menos de quince minutos. Pero el incidente había tenido, como me señaló Joan cuando volvimos al dormitorio, un coste emocional.

–Si sigues por ese camino, tendrás un infarto.

–No –le respondí–. No tendré un infarto. Tendré hijos que son conscientes de sus responsabilidades.

¿Cuántos años llevo diciendo eso? ¿Y cuántos años más seguiré diciéndolo? Evoqué mentalmente el rostro de una hermosa amiga mía, Elizabeth Weymouth, y la imaginé riéndose de mí y luego poniéndose seria para decirme: «La verdad es que eres un poco ridículo».

La hermosa Elizabeth Weymouth nos había visitado en Oceanside y habíamos organizado una gran fiesta en la playa en su honor y el de sus dos hijitas. A la fiesta habían asistido muchos niños, que no hacían más que correr de la playa a la cocina y de la cocina a la playa. Antes de irme a dormir, barrí el suelo de la cocina.

Por la mañana fui el primero en levantarme y me lo encontré cubierto de zumo de uva. El linóleo aún resplandecía bajo el líquido de color lila oscuro, como un fondo de coral en un mar en calma. Pero mientras permanecía allí, en la puerta de la cocina, y contemplaba aquel desastre con una mezcla de horror y perplejidad, me fijé en un pequeño defecto en la superficie de aquel mar. Estaba justo delante de la puerta de la nevera. ¿Era una mancha? ¿Un punto en el que asomaba el linóleo? ¿Media rebanada de pan? No. Era una huella. Estaba clarísimo que era una huella, bastante pequeña, pero no minúscula. No era la de una de nuestras pequeñas invitadas. Era la huella de Nicholas, o la de Tommy. Tenía que ser de uno de los dos.

Así que me fui a buscarlos a sus habitaciones y, mientras ellos protestaban ruidosamente, los alcé en vilo sobre el suelo de la cocina, Tommy en pijama, Nicholas en pijama. Acerqué el pie descalzo de Nicholas a la huella. Acerqué el pie descalzo de Tommy a la huella. Y allí estaba yo, en mitad de aquel mar de zumo de uva sosteniendo a Tommy sobre la huella cuando, al levantar la cabeza, vi a la hermosa Elizabeth Weymouth observándome desde la puerta de la cocina.

«Eres un poco ridículo». ¿Cuántos años más iba a seguir siendo un poco ridículo? ¿Era necesario seguir? ¿Aquella última historia –sacar a todos los niños de la cama para que recogieran cacas de perro– me hacía parecer ridículo una vez más?

Me fui a la cama y cogí un libro. Incomprensiblemente, sin embargo, mi mente regresó a aquel momento en que dimití como padre en la habitación de hotel.

Una vez más, oí la voz por encima del rugido de los motores del avión: «Entiendo a los dos bandos». Una vez más, vi la mirada de desdén en la cara de Mary y, una vez más, escuché sus palabras: «Te comportas como si fueras un jefe de pelotón o algo así. ¿No crees que organizar las cosas como si estuviéramos todos en el ejército está un poco, no sé, pasado de moda?».

Aquella dimisión, reflexioné en ese momento, había sido una experiencia inmensamente placentera, como tomarse un Demerol cuando se tiene dolor. Me recosté en la cama y reviví mentalmente la escena.

Primero, había ordenado los billetes de vuelta.

Luego, pasando por encima de prendas de vestir y ropa de cama esparcida en tres habitaciones de hotel, los había repartido uno a uno. Muy serio, sin mostrarme ni triste ni furioso, le había dicho a cada niño al entregarle su billete:

—Presento mi dimisión como padre tuyo, con efectos inmediatos.

No hice caso de los comentarios. Alguien dijo «Venga ya, papá». Alguien más, creo, dijo algo que podría haberse interpretado como una disculpa. La verdad es que no lo recuerdo. No me molesté en escuchar, pues mi decisión estaba tomada.

—Joan —dije tan tranquilo, cuando ya estaba vestido, listo para salir y con la maleta hecha—. Vamos a recepción a pedir un taxi. Si nos damos prisa, podemos coger el vuelo de las once.

Vi consternación y la consternación también me resultó placentera. Inquietos por el reparto de billetes, todos los niños habían acudido a nuestra habitación. Elizabeth formuló la pregunta que dio pie a mis palabras de despedida.

—Papá, si mamá y tú os vais, ¿quién pagará los taxis?

—Eso pregúntaselo a Mary —respondí—. A lo mejor quiere proceder a una votación, para que no os sintáis como si estuvierais en el ejército.

Y se me ocurrieron entonces unas segundas palabras de despedida.

—Y si no, que pague Nancy. Tiene su propio dinero.

Durante un momento, había dimitido de verdad. Había fingido que no me importaba y, durante un momento, la fachada se había convertido en realidad. Las cosas ya no dependían de mí. No tendría que preocuparme de sus billetes de avión, ni de sus maletas, ni de su dinero, ni de si había chicos en las habitaciones de las chicas, ni de si alguno de mis hijos salía en bicicleta por la noche, ni de a qué hora volvían ni de las causas de la guerra de Secesión. Solo estaría Joan. La vida resultaría muy tranquila. Y barata. Dios mío, qué barata sería.

He leído en alguna parte que, en Estados Unidos, cuatro de cada diez matrimonios acaban en divorcio hoy en día. Un reportero de una revista de actualidad nacional había descubierto que el motivo de divorcio que con más frecuencia aducían quienes estaban a punto de iniciar ese proceso era: «Cuanto más crecen los hijos, menos los soporto».

La vida sería diferente sin hijos. Sería relajada, alegre, joven. Y Joan. Ella también estaría relajada. Esa pequeña arruga que se le forma a veces en la frente... sí, desaparecería, lo mismo que esa mirada tenaz que a veces luce. Recuperaría el buen color en la cara y estaría igual que cuando los dos éramos jóvenes.

Así que allí me quedé, tendido en la cama con el libro que no estaba leyendo y reviviendo el momento de mi dimisión, saboreándolo, pensando en cómo serían las cosas si aquel momento hubiera sido el final de verdad. Pero los recuerdos se sucedían, ya no podía pararlos. Seguí reviviendo la escena.

Allí estaban todos, reunidos en nuestra habitación, de pie o sentados entre mi persona y las dos camas deshechas. Vestidos, preparados, esperando. Al otro lado de la puerta abierta vi sus bolsas, perfectamente alineadas junto a la pared del otro lado del pasillo. Perfectamente alineadas, por primera vez en aquel viaje, por otra persona que no fuera yo.

Allí estaba David, mi hijo mayor, con su melena pelirroja y todos los billetes que yo había repartido poco antes a cada uno de los niños. Me miraba con una sonrisa cómplice, medio risueña. Allí estaban Tommy y Nicholas, los dos más jóvenes, vestidos con sus trajes azules, que por una vez llevaban perfectamente abotonados. Iban bien peinados y me miraban con los ojos muy abiertos, en un gesto interrogante.

Y allí estaban las chicas. Mary me observaba con lo que me pareció una expresión de deliberada tolerancia. Joannie, Susan, Nancy y Elizabeth esperaban a que yo diera algún paso.

Cogí la bolsa de Joan con una mano y la mía con la otra, ladeé la cabeza hacia la puerta y dije:

—Vamos, Joan.

Mientras lo decía, Joan y yo cruzamos una mirada y me di cuenta de que ella sabía la verdad. Pero seguí andando, me dirigí por el pasillo hacia el ascensor, con una bolsa en cada mano, y fingí que no escuchaba el ruido de las otras maletas cuando los chicos las cogieron ni, inmediatamente después, los pasos de un ejército poniéndose en marcha.

Y entonces, de repente, se me llenó el corazón de esa mezcla de cariño, orgullo, instinto protector y esperanza que es, creo yo, lo que hace que un padre siga siendo padre. ¿Para qué está un padre?

Para asegurarse de que sus hijos tengan la oportunidad de representar su propio papel. Supongo que para eso está un padre: para hacer todo lo que esté en su mano y asegurarse de que sus hijos, al crecer, se conviertan en personas dignas de confianza en el mundo en el que les toque vivir.

¿Es eso lo que quiero? Creo que sí. «Pero también puede ser —me dije a mí mismo aquella noche, mientras pensaba en la dimisión– que lo que de verdad deseo es ver cómo les va».

En fin, que un padre no puede dimitir. A mitad del pasillo que conducía al ascensor, di media vuelta, retrocedí y fui pasando junto a la larga hilera de sufridos rezagados. Al final de todo estaba Nicholas, dando la espalda a su objetivo. Con los brazos extendidos, arrastrando trabajosamente su maleta por el pasillo enmoquetado. Me coloqué una de las bolsas bajo el brazo, le cogí la maleta con la mano derecha y me dirigí de nuevo al ascensor.

–Necesitaremos dos taxis –le dije a David, al pasar junto a él–. Dos taxis, como siempre.

Contenido

Sobre el autor

Tom Braden (1917 – 2009) fue un periodista estadounidense a quien se recuerda sobre todo por su etapa de copresentador del programa *Crossfire* en la CNN y por ser el autor de *Con ocho basta*, que se convirtió en una popular serie de televisión. Licenciado por la Universidad de Dartmouth, se enroló en el Ejército británico y luchó en las filas del Regimiento de Rifles de Infantería. Fue reclutado por la Oficina Estadounidense de Servicios Estratégicos (OSS, por sus siglas en inglés), predecesora durante la Segunda Guerra Mundial de la CIA, y se lanzó en paracaídas tras las líneas enemigas en la Francia ocupada por los nazis. Braden y su amigo Stewart Alsop, también paracaidista de la OSS, publicaron un libro titulado *Sub Rosa* en el que narraban sus vivencias durante la guerra.

Braden entró a formar parte de la CIA desde sus inicios y, en 1950, pasó a ser responsable de la División de Organizaciones Internacionales (IOD, en su abreviatura inglesa) de la Oficina de Coordinación Política de la CIA, el brazo ejecutor de «actividades encubiertas» de las operaciones secretas de la Agencia. Lo dejó en 1954 para convertirse en propietario de un periódico en California. Con el tiempo, regresó a Washington, donde se convirtió en columnista, además de destacado analista político en la radio y la televisión.

editorialmolino
EdMolino
editorialmolino
www.lecturaadictiva.es